Shabd-E-Sangam

Flairs and Glairs
Publication House

“Shabd-E-Sangam”

ISBN No: " 9789391302863"
1st Edition
Language – English and Hindi

Flairs and Glairs
Publication House
Regd. Under MSME Act.

Disclaimer

This is a work of fiction and solely represent the thoughts of the corresponding authors of the articles. Our editors have tried their best to edit the content of all the authors and check the plagiarism.

All the write-ups in this book are unique and are only published in this book.

In case any plagiarism or error is found, only the author is responsible alone, and not the publisher or the Compilers.

Cover Designing and Book Formatting

Shubham Shah and Ishani Agarwal

Acknowledgement

I would like to thank my family and friends for their constant support and love. A big hearty thank you to all my listeners and readers for acknowledging and appreciating my work.

I would like to present my sincere gratitude to the entire team of 'Flairs and Glairs' for giving me this opportunity and putting their faith in me.

A warm welcome and my gratitude to all the co -authors of 'Shabd-E-Sangam' for their extreme co-operation , efforts and for being a part of this beautiful journey.
My good wishes to you all for your future endeavours.

- Mamta Goyal

I would like to express my gratitude to my mother who always believed in me and my friends who always had my back. Thank you very much to all my readers for reading my work and supporting me whenever needed.

Thanks a lot to "Flairs and Glairs" for this o pportunity and guiding us. Thanks to our co authors for being a part of this and for their constant patience and cooperation. It was because of all of them that this anthology reached its level of perfection.

- Archita Mahajan

Co- Authors

Shubham Shah (Founder, Flairs and Glairs
Ishani Agarwal (Co-Founder Flairs and Glairs)
Grishma Ninave (Project Head)
Mamta Goyal (Compiler)
Archita Mahajan (Compiler)

1. Aditya More
2. Swati Sharma
3. Anamika Banerjee
4. Nicky Bharat
5. Prachi Mantri
6. Nidhi Gupta
7. Anjali Bharati
8. Ankur Kamthan
9. Sandeep Das S
10. Kumar Ashay
11. Royce Digi
12. Sudipta Choudhury
13. Nishu Nagpal
14. Sirisha Susarla
15. Atul Mehra
16. Arya Rai
17. Bikram Kumar Mandal
18. Deniro Salam
19. Kamal Singh
20. Ridhima Jaggi
21. Tanzeel Khan
22. Rakhi Lulla
23. Vaibhav Bothra
24. Jatinder Rajpal
25. Priya Choudhary

26. Juhi Gola
27. Aakanksha Goel
28. Hemali Majethiya
29. Aryan Prasad Kushwaha
30. Aparna Radharaman Agnihotri
31. Rishu Gupta
32. शिल्पी रानी
33. Prashant Soni
34. Surovi Paul
35. Giftson Jose
36. Manisha
37. Archie Panjwani
38. Aasma Khan
39. Ankit Patidar
40. Abhisikta Kumar
41. Divyanshi Chalana
42. Srishti Tiwari
43. Shreya Dubey
44. Shobika Senthil
45. Shreya Shibdutta
46. Anjali Soni
47. Pradeep Prabhu Mishra
48. Karan Nishad
49. Riddhi Gupta
50. Chinni Likhitha
51. Abirlal Mukhopadhyay
52. Rida E Haram Khan
53. Yashika Bhasin
54. R. Amirtha Varshini
55. A.Harini Ganga
56. Meena Garg
57. Dropadi Sahu
58. Nikita Pandey
59. Samir Parida
60. Garvit Bhatnagar
61. S Rishiga

62. Priyanka Jena
63. Yogita Pachauri
64. Allthea
65. Karishma
66. Geetmalini Sahu
67. Ramsiya L
68. Akshay Meena
69. Samriddhi Singh
70. Arshnoor
71. Priyanka K. Tiwari
72. Vijay Saini
73. Hvikass
74. Lavanya Bhambure
75. Himanshi
76. Ritesh Bagul
77. Parth Soni
78. Arnab Dasgupta
79. Pramod Solankar
80. Ashutosh Mishra
81. Anil Kumar Prajapati
82. Sana Fazia
83. Lovi Singh
84. Atal Swathi Patra
85. Mahadevan Kannan
86. Sushobhan Warkade
87. Manisha Suthar
88. Surbhi Maheshwari(Bhattar)
89. Saloni
90. Mohammad Irfan
91. Anshita Dash
92. Payal Purushottam Indani
93. Jobanroop Chhina
94. Pratik Premraj Bhala
95. Monika Srivastava
96. Parul Sharma
97. R. Ramyabharathi

98. Bhavna Soni
99. Meenu Pandey
100. Ashish Kumar

Shubham Shah

(Founder- Flairs and Glairs)

Shubham Shah, an entrepreneur at "Flairs & Glairs" a brand with dynamics in events organizing and cultural educational pan INDIA, is a 26yrs old guy who recently has entered the digital platform of imprinting emotions. He has initiated with his own open mic platform to help budding poets and aspiring writers under his brand named as "Teekhe Zasbaaat"

He is a commerce graduate from the Bhagalpur City of Bihar. He states Writing has impersonated him since childhood and he has now been writing for over a decade!

Cooking, on the other hand, is his passion! He also mentions, trying out new things just tickles him!

When asked sir, Why SPICY EMOTIONS?

He smiled and added, "agar jasbaat teekhe na ho toh wo jasbaat kahan" Spices are all that blends! So do his words!

As a chef, he presents to you his dish! Hot and freshly served! Taste it! Feel it! Enjoy it! You can also find his writing in the Book "Teekhe Zasbaaat" and 50+ Co -authored anthologies.

With his passion to explore opportunities across Platforms, he is working with keen dev otion and We wish him all the very best for his future ventures.

He is Featured in the International Magazine DeMode for his upcoming solo novel.

He is Approved by Ne8x for its Lit Fest, and is a Golden Star Awards 2020 Winner.

He is a India Book of Records Holder for his Anthology Satrang, and has the Grandmaster title by Asia Book of Records, for the same.

He has also been featured in Prabhat Khabar, Dainik Jagran, and a lot of other Newspapers in Bihar for his achievements.

He has been a proud co-author to

India Book Of Records (Title- Black)

World Book Of Records (Title -15 Wonders of Poetries)

India Book Of Records (Title - Aaina)

Vajra World Records Holder (Title - Gustakhi Maaf Hai)

High Range of Records Holder (Title - Gustakhi Maaf Hai)

Indian Book of Records

(Title - Road from Worst to Best)

Share your reviews on his

INSTAGRAM

@spicy_emotions
@shubham4shah

Or via email on

shubham2shah@gmail.com

To stay tuned to his work and opportunities follow his business Handles

INSTAGRAM FACEBOOK YOUTUBE

@flairsandglairs
@teekhezasbaaat

WEBSITE:

https://flairsandglairs.in/
https://flairsandglairs.com/

Ishani Agarwal

(Co-Founder- Flairs and Glairs)

Ishani Agarwal hails from the City of Joy, Kolkata.
She is the co -founder of her Community "Teekhe Zasbaaat" and Flairs and Glairs Publication.
Been a Compiler for 45+ Anthologies, she is in the process for more. Co-authored in 150+ Anthologies. She is a India Book of Records Holder, a Vajra World Records Holder, a High Range of Records Holder, an OMG Book of Records Holder, a Bravo Record holder, a Forever Star Book of World Records and an Indian Book of Records Holder.
Approved by Ne8x for its Lit Fest 2020, and Literary Icon 2020. Also a Golden Star Awards Winner 2020.
She has also been award ed with India Star Republic Award 2021, a part of She Awards by Awards Arc and Winner of Nari Samman 2021 by Literoma.

She is also selected as Best Achiever of the Year by AwardsArc and Most Challenging Compiler Award by Spectrum Awards.
She got her first solo Published,a solo Compilation consisting of first 750 contents of hers, titled "Hand That Burnt While Healing".

She has been featured by the National Magazine "Taree Zameen Par" with the title 'unstoppable'.
Also featured in the International Magazine DeMode for her upcoming solo novel, she is proud to write on social issues, and is happy with the love she is receiving.
Connect with her on Instagram: @Ishani_agarwal_quotes / @compilations_so_far

Grishma Ninave

(Project Head)

A student of science andan admirer of arts. Currently pursuing M.Sc. in Applied Chemistry from Amity University, Kolkata. A science graduate cherishing the art of writing, working as a project head at Flairs & Glairs Publication House. Published in the Editorial section of a national magazine as Aaj Ki Womaniyaa, in the first edition of 2021. She has won the Be The Change Award, AIBA Award, She Award, Applause Awards, etc. She's a gold medalist in graduation from her university.

A minion millenial with extra-large dreams.

Is in ac tive rebellion with her mother about the number of books she must have in the house.

When not reading, can be found writing and reviewing books a lot.
Firm believer that music is what can revive and reconcile the world.
She's one of those people who love greys more than colours and she's like a colourful autumn too at the same time.
Admires old school love stories and retro music.
A Capricorn girl who believes hearts are more important than physical appearances.
Is into deep talks with a very few people, but believes they are the driving force of joy in her life.
Loves traveling to places where there are mountains, trees, hills and treks.
No wonder nature's beauty strikes a chord within her.
The guiding light in her life is the quote, "Don't search for happiness, because it's not something you find, it's something you create!"

Has participated in around 200 anthologies and compiled many titles too.

Me And My God Are No More Apart

I am on the edge of bourn,
No more with adjectives I adorn.
But with me is a mighty entity,
Which pulls me away from nonetity.

I may lack care today,
I may have been put astray.
But holding my hand is He,
Pulling me away from the debris.

I join my hands and reach out,
Cause I am the crack and He my grout.
Now I am no more afraid to start,
Because me and my god are no more apart.

चाँद गवाह है

कभी मील वो अकेले में,
तो बैठकर उसे सुनाऊँगी।
प्यार में क्या वजह क्या बेवजह है,
मेरी मोहब्बत का वो चाँद गवाह है।

आधी रात को जब मैं रोई थी,
इस दिन मैंने अपनी चाहत खोई थी।
कहता कोई मग़रूर तो कोई बेपरवाह है,
मेरी मोहब्बत का वो चाँद गवाह है।

लबों पे हसी का उजाला था,
दिल में दर्द का अँधेरा था।
मैंने उसकी कदर नहीं कि ये अफवाह हैं,
मेरी मोहब्बत का सिर्फ चाँद गवाह है।

मैं मरती थी सौ मौतें उसके दुःख पे,
उसकी खुशी के लिए मेरी आँखें तक भरती थीं।
कहीं ज़िंदा हूँ मैं या अब मेरा घटवाह है,
मेरी मोहब्बत का वो चाँद गवाह है।

Mamta Goyal

(Compiler)

Mamta Goyal is a poet, homemaker , mother of two and a science teacher. Amidst her busy schedule , she takes out time to write about family, relationships , India and its culture. You can listen to her words on her youtube channel 'Mamta Poem Lounge'. You can connect with her through her Instagram and Facebook page mamta_poem_lounge.

नजर लगे ना भारत मां को

नजर लगे ना भारत मां को,
काला टीका लगा दो।
नजर उठे दुश्मन की अगर,
गर्दन उसकी उड़ा दो।

नन्ने मुन्ने हर बच्चे में
यही जोश जगा दो।
हो ,मां के सच्चे सपूत तो
माटी का कर्ज चुका दो।।

माथे की बिंदी जो मां की,
हिंदी को अपना लो।
छोड़ो ये विदेशी भाषा,
अपनी संस्कृति बचालो।।

भिन्न भिन्न धर्म है ,भिन्न-भिन्न भाषा
भिन्न-भिन्न लोग यहां के।
भिन्न-भिन्न रंग के भिन्न-भिन्न फूल हैं,
देखो एक चमन के।।

गंगा जैसी पावन नदी, पांव पखारे है।
ऊंचे शिखर पर खड़ा हिमालय, देखो पुकारे है।।

जात-पात में मत उलझो ,
ये देश हमारा है।
अनेकता में एकता,
ये देश का नारा है।।

तीन रंग का तिरंगा ,मेरी भारत मां की शान।
खून का एक-एक कतरा बहा दे, ऐसे वीर जवान।।

हरी-भरी वादियां इसकी,
सुंदरता निराली है।
खेतों में देखो झूमती,
गेहूं की बाली है।।

ऐसी सुंदर मां की छवि को,
आंखो में बसा लो।
नज़र उठे दुश्मन की अगर तो,
गर्दन उसकी उड़ा दो।

नज़र लगे ना भारत मां को,
काला टीका लगा दो।।

Archita Mahajan
(Compiler)

Archita Mahajan, from Malda, West Bengal is a budding writer who uses words as an escape from reality. You can see her writing via Instagram @archita_m.15. She is also a professional table tennis player.

Those Happy Days

Starting from the very first day
Friends and friendships started coming into play
Without tension, without maturity,
Those were the days where friends were priority
Walking up often, filled with joy
Who knew these will be the memories, which we'll enjoy
Every fight, every tear ended with a laugh
Even each chocolate was divided exactly into half
Starting the day with the assembly bell
Mostly ending with sometimes beautiful, sometimes horrible tales.
Not to forget, the first love held a different place
Feeling which was a part of that phase
Looking back i realize, what gems I'd got
But now, that all just seems so lost!

Aditya More

Adiya is a civil engineering graduate from PUNE UNIVERSITY now preparing for the civil services. Started writing a few years back as a hobby now he writes quite often regarding social issues, life and other aspects. He seeks to change this current system through his writing.

तो क्या...!!!

पार तुझे करा दूं दरीया,
तू हम किनारा हो जाये,
फिर मैं खुद डूब भी जाऊं तो क्या...!!!
ज़िंदगी की सिढी चढे तू तेज़ी से,
मेरे कंधे के सहारे तू आगे बढ जाये,
फिर मैं खुद पिछे छूट जाऊं तो क्या...!!!
हर मंजिल पाने में साथ दू तेरा,
तुझे तेरा हर मनचाहा मुकाम मिल जाये,
फिर मैं खुद बेमंज़िल रेह जाऊ तो क्या...!!!
आबाद करा दूं तुझे हर पिंज़रे से,
तुझे तेरी हर आज़ादी मिल जाये,
फिर मैं खुद बरबाद हो जाऊ तो क्या...!!!
हर ख्वाब आनेवाले कल का तेरे सच कर दू शिद्दत से,
हर सपना जो देखे तू हकिकत बन जाये,
फिर मैं खुद गुज़रा हुआ कल बन भी जाऊं तो क्या...!!!
हवाले करू तुझे नींद के और तू सो सके सुकून से,
हर रात तेरी नींद के आग़ोष में कट जाये,
फिर हर रात मेरी बेचैन हो जाये तो क्या...!!!
जलाता रहूं जीवन की लौ तेरी मेरे वजूद से,
हर अंधेरा तेरा उस रोशनी से दूर हो जाये,
फिर मेरा वजूद खुद फना हो भी जाये तो क्या...!!!

तेरा इंतज़ार रहेगा

किस्मत अपनी आज़माने निकल तो चला है तू,
कुछ यांदें पिछे छोड अब आगे बढ तो चला है तू,
फिर भी दिल तेरा थोडा बेकरार तो रहेगा,
गाँव का हर कोना केहता है तेरा इंतज़ार रहेगा...!!!
घर अपना छोड पिछे बडी इमारतों में रेहने तो चला है तू,
उस मिट्टी से बने आशियाने को पिछे छोड आगे निकल तो चला है तू,
जहाँ गुज़रा है बचपन तेरा वो घर तुझे हमेशा बेचैन करेगा,
तेरे घर आंगन केहता है तेरा इंतज़ार रहेगा...!!!
छोड गलियाँ गाँव की शहर की भीड में खोने चला है तू,
छोड घर की फटी हुई चद्दर नरम रज़ाई में सोने चला है तू,
उस फटी चद्दर का अपनापन हर रोज़ तुझे बे-आराम करेगा,
तेरे गाँव की वो गलियाँ केहती है तेरा इंतज़ार रहेगा...!!!
बचपन के यार पिछे छोड नये दोस्त बनाने चला है तू,
कुछ पुराने रिश्ते पिछे छोड नयी यारीयाँ निभाने चला है तू,
जो मज़ा था गाँव की दोस्ती का हमेशा तुझे सताता रहेगा,
तेरा हर यार केह रहा है के ए दोस्त तेरा इंतज़ार रहेगा...!!!
छोड गाँव की नेहरे अब शहर के समंदर में तैरने चला है तू,
छोड पिछे थंडी हवायें शहर की धूप में निखरने चला है तू,
कैसी मेहसूस होती है वो हवायें अब इससे हरदम तू बेमालूम रहेगा,
तेरे गाँव की हर नेहर केहती है की तेरा इंतज़ार रहेगा...!!!
जिन हांतों को पकड कर सिखा था चलना उन्हे पिछे छोड चला है तू,
अब धिरे चलना मंजूर नही ये कैसी रफतार पकडने चला है तू,
बात बस ईतनी है के अपनों के बिना तू हर वक़्त अधुरा ही रहेगा,
माँ बाप के काँपतें हाथ केह रहे है की बेटा तेरा इंतज़ार रहेगा...!!!
एक बस तू ही अकेला नही जो अपना घर छोड चला है,
यहाँ शहर कईं है जिनके वास्ते हर कोई अपना गाँव छोड चला है,
उम्मीद है तुझसे की तुझे अपना घर अपना गाँव याद रहेगा,
वरना यहाँ शहर कईं है जिनसे हर गाँव केहता है अब तो आजा के तेरा
इंतज़ार रहेगा...!!!!!

Swati Sharma

Swati Sharma is a budding writer and can be usually found with her pen and diary in nature's lap. Ever since childhood she has been fond of writing poems and now, she is giving wings to her writings. Otherwise, she is a sales professional in IT industry. Swati is a big foodie, loves to connect with people, loves sketching and enjoys riding her Avenger 220. She lives in Noida with her creativity and solitude.
She can be found at
https://www.instagram.com/ehsaas_the_words_unspoken/

रुख़सत

लग जा गले कि फिर
मुलाक़ात की घड़ियाँ ख़त्म हो चली हैं,
तेरी मेरी जुदाई कि फिर
एक बार सदियाँ शुरू हो चली हैं,
तू जा रहा है मुझसे फेर के निगाहें
मोहब्बत ये मेरी अब रुसवा हो चली है,
हाँ मुझे ग़म है तेरे जाने का
तेरी रुख़सत से तक़दीर जो मेरी ख़फ़ा हो चली है,
तुझको मुबारक उस चाँद की रोशनी
ज़िंदगी में मेरी तो अब शाम हो चली है,
आशियाँ तेरा महके गुलिस्ताँ जैसा
मेरे बाग की मट्टी तो बंजर हो चली है,
मत दे मुझे दुआ खुश रहने की तू
कि दुआऐं सब मेरे लिए अब बेअसर हो चली हैं,
दिल के तूफ़ान को तो मैंने दबा लिया लेकिन
सैलाब से आँखें मेरी ये अब नम हो चली हैं,
लग जा गले कि फिर
मुलाक़ात की घड़ियाँ ख़त्म हो चली हैं।

Anamika Banerjee

Poetry is the spontaneous overflow of powerful feelings. The feelings of heart are best expressed through poetry. Anamika has decided to express her deepest feelings with the choicest of words with her poetic anthology. Anamika is a lecturer in b. Ed college as well as she has done sangeet vishard in vocal.Hope,your words of motivation keeps her infused to create more and more beautiful pieces of work.

रिद्धि सिद्धि के तुम हो दाता

रिद्धि सिद्धि के तुम हो दाता, सबके हो तुम भाग्य विधाता
एकदन्त दयाबंत कहलाते, सबके विघ्नो को यूँ हर जाते
स्मरण मात्र से संकट हर जाते।
रिद्धि सिद्धि के तुम हो दाता, सबके हो तुम भाग्य विधाता
प्रथम पूजनीय तुम कहलाते प्रथम पूजनीय तुम कहलाते सबका मंगल तुम कर जाते मोदक तुमको बहुत है भाते सब भक्तो का मुँह मीठा करवाते
रिद्धि सिद्धि के तुम हो दाता, सबके हो तुम भाग्य विधाता
गणेश चतुर्थी जब भी आये, चारो ओर उल्लास है छाए
जिनके घर गणेशा जाते, उनके सब संताप मिट जाते
रिद्धि सिद्धि के तुम हो दाता
सबके हो तुम भाग्य विधाता
कोरोना संकट के इस महाकाल मे
सर्वत्र हाहाकार मचा हुआ है, ना कोई इससे बचा हुआ है
हर लो हर लो सब दुख क्लेश तुम कर दो सबको निरोग सुखी तुम
रिद्धि सिद्धि के तुम हो दाता, सबके हो तुम भाग्य विधाता
गणेश जी का है रूप निराला चेहरा कितना है प्यारा प्यारा, जब जब विपदा ने घेरा हमको, तब तब तुमने है सम्हाला हमको
इस बार आके कुछ चमत्कार कर जाओ, उम्मीदों के मुरझाये फूलों को फिर से खिला जाओ
रिद्धि सिद्धि के तुम हो दाता, सबके हो तुम भाग्य विधाता

सुख दुख दो पहलु मात्र

जिंदगी के गुलिस्ता मै सारे नहीं है फूल, फूल के साथ है कांटे, काँटों के साथ है फूल
फूल हँसाते है तो कांटे रुलाते है।
पर काँटों की चुभन ही तो फूलो का अहसास करा ते है।
जीवन के डगर मै अँधेरी रात के बाद उजाले की भोर आती है।
दुख और कष्टों के बाद सुख की झंकार आती है।
दुख के साथ सुख का आना निश्चित है।
जैसे काँटों की चुभन के साथ फूलो की खुशबु आना निश्चित है

वृद्धावस्था का दर्द

जिस माली ने हमको सींचा, अब हो गया वह निष्प्राण
क्यूँ हैं आज उसी माली का हम अपमान

जीवन के इस मोड़ पर जब वह चाहता है आदर सम्मान क्यूँ छोड़ देते हैं हाथ उसी का, सोच उसे बेजान

पल पल पल पल पिस कर भी, दिया हमें जीवन दान हमको न कोई कमी होने पाए, सो किया सर्वस्व दान

माँ बाप के उपकारो को भूल, बड़ी बड़ी बातें हम कर जाते हैं और किसी मेहमान के आने पर उनका परिचय करने से कतराते है

लड़खड़ाते कदमो मे और धुंधली नजरों से जब बो आपका हाथ थाम दुनिया देखना चाहते है जीवन के इस डगर पर हम उन्हें अनाथ कर देते है

बरसाए है कितने सावन हम पर, एक घूँट नीर तो दीजिए

नहीं चाहते आपका ध्यान हरदम, एक बूंद प्यार ही दे दीजिए

जो भी दिया है आपको उससे कम ही मांगते है, जीवन के इस मोड़ पर आपका साथ ही तो माँगते है

दोपहर के नीले आसमान में अगर मिल जाये सुबह की झलक तो हो जायेगा मौसम सुहाना, सर्वत्र हो जायेगा उज्जवल

मुरझाई कलियाँ फिर से खिल जाएगी पतझड़ में भी बसंत ले आएगी..

नये साल की नई उमंगे

नये साल की नई उमंगे कर देती है भाव विहवल
कभी हर्षमय कर देती है, कभी नयनों से अश्रु प्रवल

अभिनन्दन नववर्ष तुम्हारा, रहे न कोई संतप्त विकल
भूल पुरानी बातों को हम, करें दिवस की नई पहल

कोरोना के काल ग्रास से, भय मुक्त होकर करें पहल
नये विश्वास और नये साहस से, कर दे इस राक्षस को पूर्ण निर्बल

तप्त अश्रु और तप्त स्वासो से, रहा बिता साल प्रबल
नये साल की नई उमंगे, कर दे सबको पुनः सबल

कठिन जिंदगी और सरल हो, अनसुलझे सवालों का मिल जाये हल
नये वर्ष का नूतन सूरज, कर दे हर ओर प्रकाश प्रबल

नये साल की नई उमंगे

नये साल की नई उमंगे कर देती है भाव विहवल
कभी हर्षमय कर देती है, कभी नयनों से अश्रु प्रवल

अभिनन्दन नववर्ष तुम्हारा, रहे न कोई संतप्त विकल
भूल पुरानी बातों को हम, करें दिवस की नई पहल

कोरोना के काल ग्रास से, भय मुक्त होकर करें पहल
नये विश्वास और नये साहस से, कर दे इस राक्षस को पूर्ण निर्बल

तप्त अश्रु और तप्त स्वासो से, रहा बिता साल प्रबल
नये साल की नई उमंगे, कर दे सबको पुनः सबल

कठिन जिंदगी और सरल हो, अनसुलझे सवालों का मिल जाये हल
नये वर्ष का नूतन सूरज, कर दे हर ओर प्रकाश प्रबल

चल उड़ पंछी हुआ सबेरा

चल उड़ पंछी हुआ सवेरा...
मस्त हुआ मतवाला तू...
मस्ती में रहने वाला तू...
पिंजड़े की बंदिश नहीं बावले...
ऊँचे नभ का रखवाला तू...
आसमान से तेरी यारी मत कर भू पर अभी बसेरा,
चल उड़ पंछी हुआ सवेरा...

तरह तरह के और निराले...
पंछी उड़े चले मतवाले,
तुझे पता पर तेरी मंजिल...
तू औरों के कहाँ हवाले,
चल उड़ा ऊँचा आसमान में छोड़ जमीं से झूठा डेरा...
चल उड़ पंछी हुआ सवेरा,

देख जमीं पर रहते रहते...
बहुतेरे दिन यूँ ही बीते,
जरा सोच ओ पागल पंछी...
पंख मिले क्या यूँ ही रीते,
मिटा लकीरें असफलता की कर राहों से दूर अँधेरा,
चल उड़ पंछी हुआ सवेरा।।

ऊपर देख सुनहरी छाया
यहां कहां है तू भरमाया
उड़ने की बेताबी भी है
फिर अपने को क्यूं उलझाया
आजमाइश की दौड़ लगी है
बचा नहीं अब वक्त घनेरा
चल उड़ पंछी हुआ सवेरा।।

Nicky Bharat

Nicky Bharat, Global sales head by profession, and a writer by passion, hails from the culture-rich city of temples - Chennai, a little into 30's, she is creating an opportunity to be written about, known to people, and create amark. birth to a Jain Joint family has imbibed qualities of working together as a team, understanding multitude natures of people, and remain grounded to values and founding principles. Education with reputed schools and college inculcated the sense of sta nding up as a courageous woman with strength, 14 years of Professional life have strongly shaped her personality and skills, and have been supporting in her love for writing ever since. IG: nik_i_pedia

Lifeholic

Somewhere I heard, it is best to write about something you have already experienced,
In years of living and building with people, this feels the only way to be balanced
Did I believe in the falling star? asks my mind under that giant night sky
How else would life be so blessed, around peo ple I love, live and cry
So many people walk this earth, with a purpose in their eyes
How I connected with some great souls in this world of infinite
All time has done is take from me, it never seems to give – Is that even true?
With passing time, each day I made beautiful memories that stuck to me like glue
But life is not a bed of roses, so I have seen, In the times of pain that I have been
Someone somewhere breaks my heart, and my eyes fill up with hopes so keen
Lessons I realize are valuable teacher, so much so that now I have become a preacher
In all the ups and downs, I ride, there are some people always by my side
The relations I made believing in the falling star, their presence in my life is the defining mark
I know not when I came, and when I shall leave,
I have my people and that bond I shall forever weave
Honesty in love is my path, being genuine to my soul is my region
My heaven's on earth, it is the things that I share
With my people, about whom I really care
And when I am gone and just the ashes remain
They will have a story to tell, of a person in my Name.

Prachi Mantri

(1)

कुछ अनकहा एहसास हो तुम
मेरी आँखों की नमी को पढने वाले
कुछ खास हो तुम...
किसी के लिए दोस्त हो, तो किसी के लिए भाई हो,
किसी के बेटे भी हो तुम...
पर मेरे लिए.. पूरी जिंदगी का साथ हो तुम

शब्दकोश में शब्द नहीं तुम्हारे लिए...
होठों पर मुस्कान की वजह हो तुम, मेरे लिए...
आसमां का चादं भी फीका हैं, तुम्हारे आगे..
मेरे नूर-ए- चादं... इस बात की साक्षरता...
मैं हूँ तुम्हारे लिए
मैं हूँ तुम्हारे लिए

कुछ अनकहा एहसास हो तुम
मेरी आँखों की नमी को पढने वाले
कुछ खास हो तुम... ....
मेरे लिए अमूल्य हो तुम

(2)

कैसी विडम्बना आ गई है,
ना खुशी है, ना दुख है,
कैसे दायरे में फंस चुके हैं,
जिससे बाहर निकलना अब थोड़ा मुश्किल हैं!!

यह महामारी का चक्रव्यू है
या फिर से प्रलय का आभास है
ना जाने कितने निर्दोषों ने
अपनी जान गवाई है!!

पर्यावरण के पथिक को
ये कैसी चोटं पहुंची है,
आज हमारी भूमि, लाशों के रंगों में रंगी हैं..

ये आक्रोष ,जो कलयुग में आया है
वो दिन दूर नहीं जब मनुष्य ही..
स्वंय का सर्वनाशी, इस गंभीरता से होगा,
की फिर से, विष्णु महेश का रुप
जग का कल्याण करेगा... जग कल्याण होगा!!

Nidhi Gupta

She is Assistant Professor in Department of computer science, IP(PG) College. Her qualifications are B.Sc. Gold Medallist, MCA, UGC-NET, SET, FATE in Computer Science. She writes poems, quotes, stories, bhajans as a hobby with name 'Nidhi Bharatiya'. Her other hobbies are singing, dancing, drawing, reading books etc.

हम स्वयं को कम आंकते हैं

हम स्वयं को कम आंकते हैं,
इसलिए पीछे रह जाते हैं,
अपनी योग्यता के अनुरूप,
अपना वजूद नहीं बना पाते हैं.......
जैसा सोचोगे, वैसे ही बन जाओगे,
जितना प्रयास करोगे, उतना ही फल पाओगे,
जितने भी सक्षम लोग यहां, सबकी एक कहानी है,
स्वयं को कम आंक , उन्होंने हार कभी ना मानी है,
अपनी शक्ति अपने भीतर है,जो स्वयं जानी पड़ती है,
जीवन में आगे बढ़ने की एक लौ जलानी पड़ती है,
हम स्वयं को कम आंकते हैं,
इसलिए पीछे रह जाते हैं,
अपनी योग्यता के अनुरूप,
अपना वजूद नहीं बना पाते हैं.......
औरों को जिम्मेदार ठहराते, अपने पीछे रह जाने की,
स्वयं जिम्मेदारी कब लेंगे, स्वयं को आगे बढ़ाने की,
रह भरोसे क़िस्मत के, अपनी प्रतिभा निखार नहीं पाते,
सही समय बीत जाने पर, हाथों को मल पछताते,
ईश्वर ने हमें हमारे लिए मित्र बनाकर भेजा है,
स्वयं का मूल्यांकन करने का अवसर देकर भेजा है,
हम स्वयं को कम आंकते हैं,
इसलिए पीछे रह जाते हैं,
अपनी योग्यता के अनुरूप,
अपना वजूद नहीं बना पाते हैं.......
कुंए के मेंढक को, कौन कुंए से बाहर निकलेगा?
खूंटे से बंधे हाथी को, कौन आज़ाद करायेगा?
अपनी आज़ादी के लिए प्रयास स्वयं करना होगा,
ऊंची उड़ान भरने के लिए, पंखों को फैलाना होगा,

हीरे की कद्र जौहरी को होती, जौहरी के पास जाना है,
स्वयं की क्षमताओं को कम आंक कर, स्वयं को ना मिटाना है,
हम स्वयं को कम आंकते हैं,
इसलिए पीछे रह जाते हैं,
अपनी योग्यता के अनुरूप,
अपना वजूद नहीं बना पाते हैं.....

Anjali Bharati

Anjali Bharati is a native of Bettiah, Bihar. She designs and creates professional videos for various poetry. She owns her own YouTube channel (#4thdiary) where she put her words and works in rhythm.
She shows deep expressions in her writings and she is amazing at expressing the little moments, objects, values and relation with nature.
This is her first publication and she forsee to grow as a stable writer. Good luck!

कुदरत

परदे को हटा देखी है नई सुबह
मद्धम सी रौशनी हौले से बिखरी है।
खुशबू फूलों की, मुस्कुराहट इन कलियों की,
गुनगुनाती ये हवा मुझे मुझसे मिला रही है।

उमड़ घुमड़ नाच रही है बदरिया
आसमान से रंग बरस रहा है।
झूम रहा है मेरा मन
पल ये बड़ा हसीन बना है।

जी चाहता है मैं खुद उड़ जाऊं,
संग पंछियों के मैं एक सैर कर आऊं।
रहता हूँ मैं जिस ज़मीन पर,
एक बार उसे ऊपर से देख आऊं।

होने लगती है दिल से बात अक्सर
जब भी होता है ऐसे मौसम का आगाज़,
मैं आँखें बंद कर लेता हूँ इस मदहोश फिज़ा में
जब ये आहटें छू लेती हैं मेरे जज़्बात।

ऐ कुदरत! तू जैसी है
हर सुबह ऐसी ही मिले।
बेख़बर इस जहां में
मुझे तेरा आँचल मिले।।

अधूरा

ये पल अक्सर ही अधूरे होते हैं।
सब पूरा होकर भी कुछ छुट जातें हैं।
ये अनदेखी साजिश थमती नहीं है,
ये मुश्किलें कम होती नहीं हैं।

कुछ लम्हा नई चाहत बुनती हूँ,
कुछ लम्हा टूटे ख्वाबों को पिरोती हूँ,
कुछ लम्हा याद करती हूँ उसे जो छुट गया राह में पिछे,
कुछ लम्हा तकदीर से अपने बारे में पूछती हूँ।

किसी दिन मैं थक जाती हूँ,
फिर रात को कोशती हूँ,
दूसरी सुबह नई होश में उठती हूँ,
फिर उसी ज़ंग पर निकल पड़ती हूँ।

अक्सर ही लगता है,
कोई कमी मुझमें ही है।
मैं आज के लिए तैयार होती हूँ,
और कल नई चुनौती मिलती है।

सोचती हूँ मैं कभी कभी,
क्यूँ सब हासिल होता नहीं है?
हर वक़्त कुछ पाने की तलब,
ऐ ज़िंदगी! तू इतना क्या ढूंढती है?

Values And Pride

I'm tired of empty rides,
Now, I'm giving myself values and pride.
I'm using my name,
And gaining more experience.
I met him yesterday,
I met you today.
History does count,
Because the Time rebound.
I too have few future plans,
Like other dreaming clans.
I wish to see the next morning,
I reject my present mourning.
As the birds reaching the Sun
I too have a few higher ambition,
To watch the stars in open sky
And laugh much louder as voices collide.
I can fly wifh invisible wings,
I can dance in an orbit and ring.
I reject my loneliness I had,
I train my brain for more than said.
I'm tired of empty rides,
Now, I'm giving myself values and pride.

Ankur Kamthan

Banker by profession traveller by heart. Love to travel and reading novel. Big fan of Hindi literature. Own a Travel blog https://theconfusedtravelerblog.wordpress.com/

जंग

इस प्रतिद्वंद्वी दुनिया में, मैं अंतर्मन का द्वंद हूं।
दुनिया से मुझको क्या लेना, मैं खुद से खुद की जंग हूं।

दुनिया के ठेकेदारों को बेशक नापसंद हूं।
दुनिया से मुझको क्या लेना मैं खुद से खुद की जंग हूं।

बेशक कटी हुई सही, पर एक आज़ाद पतंग हूं।
दुनिया से मुझको क्या लेना मैं खुद से खुद की जंग हूं।

उम्मीदों भरी आंखों में, मैं सपनों की उमंग हूं
दुनिया से मुझको क्या लेना, मैं खुद से खुद की जंग हूं।

भाषाओं, धर्मों, रीति रिवाजों से भरा, मैं एक राष्ट्र अखंड हूं।
दुनिया से मुझको क्या लेना, मैं खुद से खुद की जंग हूं।

फिल्टर वाली सेल्फियों के बीच, मैं तस्वीर बेरंग हूं।
दुनिया से मुझको क्या लेना, मैं खुद से खुद की जंग हूं।

मैं अपनी मर्ज़ी का राजा, अपनी इच्छाओं का मैं रंक हूं।
दुनिया से मुझको क्या लेना, मैं खुद से खुद की जंग हूं।

मैं दीवाली के दीपों की माला, मैं होली का रंग हूं।
दुनिया से मुझको क्या लेना, मैं खुद से खुद की जंग हूं।

दुनियादारी में निरंक हूं।
सोच से प्रचण्ड हूं।
खुद का ही घमंड हूं।
मैं खुद से खुद की जंग हूं।

गुमनाम

अगर है चर्चा, तो सरेआम रहने दो।
मैं कवि हूं, मुझे गुमनाम रहने दो।

फूल नहीं होते मोहताज़,
किसी परिचय के।
बस उनकी खुशबुओं को बागबान रहने दो।
मैं कवि हूं, मुझे गुमनाम रहने दो।

अगर खुल गया नाम,
तो बट जाऊंगा जाती, धर्म, छेत्र में।
मुझे इंसानों की नस्ल में शुमार रहने दो।
मैं कवि हूं, मुझे गुमनाम रहने दो।

इश्क़ के किस्से तो,
बहुत मशगूल हो के सुनते हैं सभी।
बस आशिक़ को यूं ही बदनाम रहने दो।
मैं कवि हूं, मुझे गुमनाम रहने दो।

रंग होता गर इस हवा का,
तो सांसे भी बट जाती तुम्हारी।
इस हवा को यूं ही अनजान बहने दो,
मैं कवि हूं, मुझे गुमनाम रहने दो।

ये नदियां नहीं पहचानती,
कोई भाषा, रंग, वेष, भूषा।
इन नदियों को यूं ही बेलगाम बहने दो,
मैं कवि हूं, मुझे गुमनाम रहने दो।

मयकदे नहीं पहचानते,
किसी भी जात को।
इन लड़खड़ाते क़दमों में इंसान रहने दो,
मैं कवि हूं, मुझे गुमनाम रहने दो।

लड़ा दिए लोग,
चंद वोटों की खातिर।
इस सफेद खादी में कुछ तो ईमान रहने दो,
मैं कवि हूं, मुझे गुमनाम रहने दो।

गर पूरी हो जाएं सारी ख्वाहिशें,
तो फिर मज़ा ही क्या है।
इस दिल में कुछ उम्मीदों के अरमान रहने दो,
मैं कवि हूं, मुझे गुमनाम रहने दो।

मंजिलों के मिलने की,
परवाह किसे है।
मुझे इन राहों में यूं ही गतिमान रहने दो,
मैं कवि हूं, मुझे गुमनाम रहने दो।

Sandeep Das S

A graduate from apocalyptic era, who has too much time in his hand that weaves the magic of words to bring out the untold solitude we hide in our lives.

You can follow Sandeep on Instagram @das._.jr
Here is the link to his website
https://wonderl0st.blogspot.com/

The Mirage of Solitude

Are ghosts real? Or,
Is it just an illusion?
Is it because we dream? Or,
Is it because it exists.

We close our eyes, and
It feels like it is near us,
We try to touch it
But, we forget its void.

We try to make effort.
Effort to find the ghost,
That we are dreaming of
In a hope that it is present.

We start dwelling on to it,
We start investing in it,
Just to reach the conclusion
That it is a dead end.

Is it memories of the person?
That we see closing our eyes.
Or, is it just another dream
Which makes us think keen.

The human whom we used to see
Every day, every hour, every second
Is missing from puzzle of life.
Where did that person go?

Once in a while
It makes me think wild

If those humans existed in real
Or, is it just another unusual dream.

Daddy

When I was 1,
I was taught to walk.
When I was 2,
I was taught to talk.
When I was in kindergarten,
I was taught to avoid gifts from strangers.
When I was in Primary,
I was taught not to lie.
When I was in secondary,
I was taught about emotions.
When I was in higher secondary,
I was taught to face failure.
When I was in college,
I was taught to live life.
But in all those years,
And in all those interactions,
And in all those moments,
I was never taught
How to survive.
When the person who taught it all,
Vanished into thin air
And entered a void
Leaving me blindsided,
Whom should I blame?

Kumar Ashay

Ashay is born and brought up in city of temple - Varanasi and is currently working as a consultant in a MNC. He is an MBA and a B.Tech and poetry is his hobby. Vocal for his thoughts, his poems define his perspective and feelings for things happening around.

मैं हिंदी एक भाषा।

बांध के रखा है इस देश को अपने आँचल से,
मुझे कटुता की राजनीति का पासा ना बना,
मैं हिंदी एक भाषा हूँ, मेरा तमाशा ना बना।

स्वतंत्रा दिलाने को अंग्रेज़ों से लड़ी थी मैं,
मुझे अंग्रेज़ी के बोझ तले दबी हताशा ना बना,
मैं हिंदी एक भाषा हूँ, मुझे निराशा ना बना।

पढ़ के मुझे, बने कई विद्वान हैं यहाँ,
मुझे शर्म की परिभाषा ना बना,
मैं हिंदी एक भाषा हूँ, मुझे नाउम्मीदी की त्रासा ना बना।

आते हैं मुझे सीखने सैलानी दूर दूर से,
मुझे अपनों से मिलने वाले सत्कार का प्यासा ना बना,
मैं हिंदी एक भाषा हूँ, मुझे विलुप्त होती जिज्ञासा ना बना।

उड़ने दो मुझे भी पंख फैलाये अपने आंगन में,
ऐ हमवतनों, मुझे अपनी अभिलाषा तो बना,
मैं हिंदी एक भाषा हूँ, मेरा तमाशा ना बना।

रावण भी रोया होगा!

मचती देख दुनिया में पापों की हाहाकार,
सुन बुरी ताकतों की तीव्र हुंकार,
डर के मारे रात में ना जागा ना सोया होगा,
शायद आज, वो रावण भी रोया होगा।

घर में धिक्कार, बाहर हो रहा बलात्कार,
देख गली मोहल्ले धड़ल्ले से चलता देह व्यापार,
खुद पे अपना आपा खोया होगा,
शायद आज, वो दुर्योधन भी रोया होगा।

देख बढ़ता इंसानों का माँ बहनों पे अत्याचार,
सुन पिटती कराहती बच्चियों की चीख पुकार,
माता सीता के हरण पे वो पछताया होगा,
शायद आज, वो रावण भी रोया होगा।

दहेज़, भ्रूण हत्या, सम्मान हत्या से हो शर्मसार,
भाई बेहेन से पति पत्नी तक का रिश्ता होता तार तार,
अपने खून से लथपथ हाथों को बार बार धोया होगा,
शायद आज, वो कंस भी रोया होगा।

बढ़ गया है आज संसार में इतना अंधकार,
के त्रस्त हैं वो जिन्होंने किया बुरे से बुरे तिरस्कार,
यह सब देख, काश! पापी इन्सान भी आज रोया होता,
क्यूंकि आज, वो रावण भी रोया होगा!

क्या सच में आज़ाद हूँ मैं?

अंग्रेज़ों से स्वतंत्र तो निर्विवाद हूँ मैं,
विश्व के कई देशों से ज़्यादा आबाद हूँ मैं,
गुलाम तो नहीं हूँ, पर क्या सच में आज़ाद हूँ मैं?

भुखमरी और गरीबी से तड़पता अवसाद हूँ मैं,
धर्म, जात, आरक्षण से झुलसता अलगाववाद हूँ मैं,
गुलाम तो नहीं हूँ, पर क्या सच में आज़ाद हूँ मैं?

घूसखोरी और अंधविश्वास से सुलगता अपवाद हूँ मैं,
बलात्कार की चीत्कार से बिलखता विषाद हूँ मैं,
गुलाम तो नहीं हूँ, पर क्या सच में आज़ाद हूँ मैं?

बढ़ती जनसंख्या और निरक्षरता से बर्बाद हूं मैं,
अपनों के बीच कटुता फैलाता आतंकवाद हूँ मैं,
गुलाम तो नहीं हूँ, पर क्या सच में आज़ाद हूँ मैं?

किसानों को मौत के घाट उतारता जल्लाद हूँ मैं,
बेरोज़गारी की ठोकरें खाता नामुराद हूं मैं,
गुलाम तो नहीं हूँ, पर क्या सच में आज़ाद हूँ मैं?

इन कूरीतियों के वजह से आघात हूँ मैं,
कब सुधरेंगे ये हालात , इस बात से अज्ञात हूँ मैं,
गुलाम तो नहीं हूँ, पर क्या सच में आज़ाद हूँ मैं?

Royce Digi

Royce Digi lives in beautiful city Jamshedpur and he belongs to a tribal community of Jharkhand. He loves music and he is also a part of a musical band where he play guitar.

He graduated in commerce but he always dedicated about literature. He started writing poetry at colla ge days and he passionate about poetry writing. His dedication is what sets him apart from anybody else.

(1)

ख़ामोश मेरे दिन और अंधियारों की चीखें मेरी रातों में
तुम्हारा मेरे जीवन मे ख़्वाब बनकर आने का शुक्रिया
यूँ तो हज़ारों किस्से थे मोहब्बत के तेरे उन बातों में
ख़ामोश पड़ी रातों को सुबह तक जगाने का शुक्रिया

ज़िन्दगी की भीड़ इस कोलाहल से डरता था मैं
जाने अनजाने मुझमे साहस भर जाने का शुक्रिया
स्वर्ग से आई अप्सरा हो तुम, अदना-सा शायर था मैं
सामान्य मेरी जीवन को ख़ास कर जाने का शुक्रिया

तपते रेगिस्तान मे बरगद की तुम छाँव हो
शोर भरी इस शहर मे तुम मेरा गांव हो
एकबार जो तोड़ तुम इस बन्धन को जाओगी
मिल जाएंगे राह-ए-हमसफ़र मोहब्बत के
वापस लौट न पाओगी

अजनबी से शहर मे अजनबी से हो गए हो तुम
बेवज़ह सी बातों मे यूँ ही मोड़ जाने का शुक्रिया
सन्नाटों की भीड़ मे जाने कहाँ खो गए हो तुम
टूटते से ख़्वाब को और तोड़ जाने का शुक्रिया

आसमान में पंछी सा खुद उड़ जाने का शुक्रिया
ख़ामोशी से बातों को यूँ कह जाने का शुक्रिया
मेरे जीवन के इस हिस्से मे
इक छोटे से किस्से मे सिमट जाने का शुक्रिया

बिछड़ने का फैसला खुद कर जाने का शुक्रिया
मेरी ज़िन्दगी से यूँ चले जाने का शुक्रिया
आज मैं तुम्हारा शुक्रियादा करता हूँ
अब पहले से प्यार, थोड़ा ज्यादा करता हूँ

(2)

रातों के सन्नाटों को
आकाश में बिखरे तारों को
एक नही हज़ारों को कह दूं दिल की बात
तुम बिन रात बे-ख़्वाब सा है

मिठास हो, मन की प्यास हो तुम
तुम साथ हो तो ज़िन्दगी कामयाब सा है
दरिया हो, सागर हो, फूल और तितली हो तुम
तुम बिन रात बे-ख़्वाब सा है

गीत तुम्ही हो, मनमीत तुम्ही हो
वेद और व्यास तुम्ही हो
ख़्वाब हो तुम, जवाब हो तुम
मेरा हर सवाल तुम्ही हो
अब ये ज़िन्दगी मदिरा शराब सा है
तुम बिन रात बे-ख़्वाब सा है

कविताओं के नौ रस तुम्हारे श्रृंगार मे है
इसलिए तू कविताओं के संसार मे है
योगिओं के ध्यान मे तुम
इस जहाँ के पूरे आसमान मे तुम

तुम्हें पाकर खुद मे खो जाऊंगा
अब तो प्यार भी बे-हिसाब सा है
तुम्हें खोकर समतल धरती पर भी लड़खड़ाऊँगा
तुम बिन रात बे-ख़्वाब सा है
तुम बिन रात बे-ख़्वाब सा है

(3)

कवि हूं कविताएँ लिखता हूँ
अपने और अपने जैसों के जज़्बातों को शब्दों से बुनता हूँ
धुंधली यादों की परछाई देख सकता हूं मैं
जो तुम्हारी नज़र न देख सके वो भावनाएं देख सकता हूं मैं

खाली पन्नों के ज़रिए मैं अपनी बात बोलता हूँ
मैं ज़्यादा बोलता नही इसलिए पन्नों में दिल खोलता हूँ
मेरे लिखे शब्द मुझे पन्नों मे अच्छे लगते है
कोई कहता नही, मगर सबको सच्चे लगते है

मेरे अन्दर जज़्बातों का समंदर उस पार तैर न पाऊंगा
कोशिश तो करता हूं पर जानता हूं इक दिन डूब जाऊंगा
मेरी कल्पनाओं के समंदर मे
अभी बहुत कुछ बाकी मेरे अन्दर मे

जाने कब जुबाँ से बोल पाऊंगा
ये तो सिर्फ़ शुरुआत है
इक दिन सचमुच कवि हो जाऊंगा

Sudipta Choudhury

Sudipta Choudhury has been working in writing world for over five years. She provides love writing, inspiring stories and motivational concepts. Her educational background in family science and she is pursuing BSc. hons in Biotechnology, Biochemistry and Genetics. Her writing skills may be confirmed independently on YourQuote, TTT and Mirakee. Also She is an artist too. She especially enjoys preparing resumes for individuals who are changing careers.

Never Let You Go

1. Some unspoken words

Hey Bandar,

How will I spend my day & night?
Does anyone know how the future will be?
I won't be able to do anything without you
I am missing all those moments of us
This is my only desire -
For you, to stay close to me
But who can betray the destiny?
I can't afford to lose you dear
I am sorry, but I can't
I miss you...

I want to spend my time with you
I want to share my day with you, by my side
I never want to let you go from me
I can smell you from every corner of my room
You are the perfume of fresh fragrance in my life -
This is the only desire of mine
For you, to stay close to me
I don't want to let u go dear
You are a part of mine...
I like you...

Your Idiot

Never Let You Go

2. You are Special

Hey Bandar,

I have become a wanderer
I am jealous of every minute you spend with others,
My heart is restless for you
I am always lost in your eyes
I am on cloud nine when you are with me
It feels like I am day dreaming about us
Your face makes my day very special
I can't live without you
I can't stay alone dear..
I owe you...

Dear, I pray for you every second
This world is astonished yet again for us
But tell me what happened?
What are you worried about?
You make me believe in myself
I can't afford to lose you anymore
Yes, today I can confess the truth I never told you
You are my million colours of happiness
You make me believe in feelings
You, have become heart's most desired one.
I LOVE YOU

Your Idiot

Never Let You Go

3. Twisted Reality

Hey Bandar,

You know...
My lovely skies have stopped sailing the dark currents of the night after I started loving you.
I will always be there with you in times of trouble, in times of need, just close your eyes & feel my presence beside you.

I tried to give those 4 letters earlier but the fear of losing our friendship stopped me to tell you the truth that I LOVE YOU a lot and lot... From the day 1, we met in college canteen till now here but now I'm confessing everything in my fifth letter because...

Some journeys don't have endings. So stop crying infront of me because today I can't come to stop those tears falling down from your eyes as I am resting in the hard soil bed under this graveyard.

I have kept my promise dear. I didn't leave you till my last breath left my body.

But soul & love never dies.
My Love will Never Let You Go.

Your Idiot

Nishu Nagpal

Nishu, Lives in Faridabad, Haryana. She graduated from Delhi University. She does job in private company as a Manager. Writing is noting but passion for her. She loves Writing, Travelling and Singing.

You can find her on Instagram as nishunagpal
You can also reach to her Facebook page @nishu1793.

तेरा मासूम चेहरा...

तेरा मासूम चेहरा ही तो देखा था हमने
काश तेरा दिल भी देख लेते
मर मिटे थे हम जिस सादगी पर
काश उसके पीछे छीपे शातिर चेहरे को भी पहचान लेते
ज़िन्दगी की थी तेरे नाम और साँसे भी लेती थी नाम तेरा
अगर पता होता पहले ही तेरी बेवफाई का ज़ालिम
तो कभी तुझे अपनी ज़िन्दगी से खेलने ना देते

तेरा मासूम चेहरा ही तो देखा था हमने
काश तेरा दिल भी देख लेते

तुम्हे तो शायद शोंक था मोहब्बत के खेल खेलने का
और हम तुम्हारे साथ सपनो की दुनिया बसा बैठे
बदनाम होते गए हर जगह सिर्फ तेरे लिए
तेरे हर धोके को हम महज गलतफहमी मान बैठे

तेरा मासूम चेहरा ही तो देखा था हमने
काश तेरा दिल भी देख लेते

कसूर तेरा नही, मेरी किस्मत का था शायद
तेरे इश्क को जो हम इबादत मान बैठे
तू तो पत्थर भी ना निकला जालिम
और हम तुझे खुदा मान बैठे

तेरा मासूम चेहरा ही तो देखा था हमने
काश तेरा दिल भी देख लेते

ज़िन्दगी की पहेली

अजीब पहेली है ज़िन्दगी
कभी हंसाती है, तो कभी रूलाती है
हर पल एक नया ख्वाब दिखाती है
कभी मुक्कमल नहीं होती एक पल की खुशी
तो कभी खुशियों का जहां ले आती है
अजीब पहेली है ज़िन्दगी
कभी हंसाती है, तो कभी रूलाती है
इम्तिहान बहुत लेती है,
मगर हर इम्तिहान के साथ एक सबक दे जाती है
अपने परायो की पहचान कराती है
ओर कुछ नकाब वालो को बेनकाब कर जाती है
अजीब पहेली है ज़िन्दगी
कभी हंसाती है, तो कभी रूलाती है
कभी सारा जहाँ समेट लेती है खुद मे
ओर कभी खुद से ही जुदा हो जाती है
अजीब पहेली है ज़िन्दगी
कभी हंसाती है, तो कभी रूलाती है

Sirisha Susarla

Sirisha is an aspiring psychologist, writer and poetess, she has participated in national level poetry competitions and has curated articles and writeups into various domains. She writes in both Hindi and English.

Tum!

Zindigi ki in anjaan raaho me,
Kuch jaane pehchaane se tum lagne lage
Nazre churate the hum sabse
Ab band aakho se bhi tum nazar aane lage.

Hakiquat ho.. magar,
ab khwabo me bhi tum aane lage
Hakiqat or khawab se pare hoti h soch
Abto meri soch me bhi tum samane lage.

Dekhte to hum hazaro ko hai,
Par tumhe dekhte Hi muskuraane lage
Or tum Jo muskura do...ek baar
Us ek pal me hum sau baar marne lage.

In sab se khoobsurat hai tumhari aankhe,
Jinme din raat hum khone lage
Nasha h tumhari aawaz
Ab nasha bhi hum karne lage.

Adat thi akele rehne ki,
Tumhare sath..ki iccha rakhne lage
Milo na Milo vo alag baat hai
Tumhare sath ke har ehsaas ko mehsoos hum karne lage.

Zindigi ki in anjaan raaho me,
Kuch jaane pehchaane se tum lagne lage
Nazre churate the hum sabse
Ab band aakho se bhi tum nazar aane lage.

Atul Mehra

Atul Jhariya, He is a businessman. He was born in Kareli, Madhya Pradesh. Atul is a graduate from university of RDVV jabalpur. He is known for his writing. He is also very fond of making sketches.

Atul is socially very active on Facebook and Instagram. You can contact him at In stagram handle @writer.atul_mehra or whatsapp - 9329369252.

माँ

यादें भूलादु में कैसे तुम्हारी
जिन्हें देख बीता है बचपन जवानी
हाथो से तेरे निवाला वो पहला
कदर मैंने उसकी आज है जानी
झुलादो वही फिर से झूले माँ मुझको
जिन्हें देख निदिंया आनी ही आनी
दिलादो वो मोटर वो गाड़ी पुरानी
वो यादें बहुत ही है दिलकश दीवानी
कदम साथ चलती थी सारी शरारत
जिन्हें देख सारी तू होती दिवानी
तेरे संग बचपन है बीता वो पूरा
वो यादें थी सारी बहुत ही सयानी

हालात-ए-दर्द (मजदूर)

मुसाफिर है कई अरसो से
न रुका कभी न थमा कही
गलियो में घूमते देखा है वेवसी को
न मखमली लिबाज़ न सर पे ताज
बस सिसकति सुबह और आवारा शाम
लोगों का यू जद्दोजहद करता सा पैगाम
मुसीबतो से घिरा हारा सा इंसान
पल पल हालातो से टूटता वो आम
मानो कुदरत का क़हर टूटा बस उस पर
खबर न मिल सकी उसे अपनी तबाही की
घबराता सा आगे बस बढ़ता चला गया
कभी कुछ नजारो से कभी कुछ सहारो से
गांवो शहरो की बड़ी लम्बी कतारो से
राह मांगता रहा आंसमा के उन सितारो से
थकता हुआ हारता हुआ बेहाल सा
रास्ता खत्म पर कठनाइयाँ आसान न हो पाई

Arya Rai

An introvert girl loves to write and play with words. She has potential of winning hearts just with her writing skills.

When My Love Blooms

.

Sun fades off its shining;
The air blows gently;
Soft music is all around;
When my love blooms.

Flowers shed off their fragnance;
Dews forget to fall;
The earth stops its motions;
When my love blooms

Birds don't do chirping;
Rivers stop flowing;
Sky seems to bow down;
When my love blooms.

All the materialistic and earthly things around me get ceased
When My Love Blooms.

Just One - She

.

I saw her laughing,
Which made me smiled too.
She can turn monster into human being,
Just one smile is very alluring.

I saw her glowing,
Which made me lightened too.
She can turn darkness into coloured lighting,
Just one ray is very alluring.

I saw her loving,
Which made me fallen too.
She can turn your turning,
Just one she is very alluring.

Wherever, whenever and to what extent my eyes can catch up the sight I can only see Just One She.

Bikram Kumar Mandal

Bikram Kumar Mandal, hails from Dankuni, West Bengal. He is the owner and creator of YouTube poetry channel "4th Diary".
He is a very sensible writer, who writes to express his emotions that are brought up by time and memories. His writings are very simple and connectable.
His passion for writing keeps growing up with this publication as his first anthology. Good luck Readers!

वादियाँ

कितनी हसीन है ये वादियाँ,
जी करता है डूब जाऊँ इसमें,
खो जाऊँ इसमें, बह जाऊँ इसमें।

वो बच्चों की खिलखिलाहट,
पंछियों की ये चहक,
इन आँखों की मासूमियत,
वो किसानों की मेहनत।

ये गेहूँ की खड़ी बालियाँ,
ये धान की झुकी बालियाँ,
ये मक्कों की शानो शौकत
और सरसों की शर्मीली मिजाज।

कितनी हसीन है ये वादियाँ,
जी करता है डूब जाऊँ इसमें,
खो जाऊँ इसमें, बह जाऊँ इसमें।।

यहाँ के भोजन का स्वाद,
यहाँ के लोगों का अपनापन।
तन पर सादगी का साज
और खेतों में सुन्दर फसल का राज़।

मिट्टी की सौंधी सी खुशबू,
पेड़ो की छांव में ठंडक।
साँझ हुई तो गपशप सबकी
और रात हुई तो घनघोर खामोशी।

कितनी हसीन है ये वादियाँ,

जी करता है डूब जाऊँ इसमें,
खो जाऊँ इसमें, बह जाऊँ इसमें।।

वक़्त का खेल

कल भी इसी का था,
आज भी इसी का है।
ये वक़्त का खेल है,
आगे भी इसी का रहेगा।

आज इसने रुलाया है,
कल यहीं हसायेगा,
क्या पता, आगे क्या होगा?
ये राज़ वक़्त ने छिपाया है।

जिसका कल तक सब कुछ था,
आज उसका एक कतरा नहीं है,
कल जिसकी उंगली पकड़ता था,
आज वो चेहरा जचता नहीं है।

जो अपने थे
अब पराये हो गए,
कहानी बदल गई फिरसे,
इस वक़्त के साये में।

I Can

Do you know what I know?
Do you see the reality?
I am not a trash on this grass
I am Waiting in green for infinity.
I will shout loud to clouds.
I'll stand still on the hills.
I'll fly high in sky.
And i will dive in and out with tide.
It's a strategy in my energy.
I can swirl in a whirlpool.
I can skate on my scratch.
It feels mellow in yellow.
I am clean even in stream.
But I vary in scenery.
I am clear as in mirror.
I see horizon as an end on ocean.

एक अजीब सा ख़्याल रास्ते से गुजरता हुआ सीधे घर के दरवाजे से होता हुआ करीब ही आकर बैठा, मालूम नहीं ख़्याल है या कोई अजीब सा सवाल मालूम नहीं मैं सामने हूं उसके या मेरी सोच में एक और ख़्याल पनपने लगा है....

एक ख़ास पल

कितावों के पन्नों में दबी एक मुरझाइ 'गुलाब' के फुल के किस्से भी कई यादों को सँजोकर पन्नों में सिमटकर सांसें लेती हैं, उसी तरह ख्यालों के बिज से मुहब्बत के पौधे उगकर न जाने कहाँ-कहाँ अपनी रंगों से महकने लगती हैं और ये सुरुवात दो अजनबियों को मिलाने का अच्छा ख़ासा काम करती हैं कहने के लिए कितना आसान शब्द है 'मुहब्बत' पर जितना सरल लगता है उतना ही कठिन है, ये तय कर पाना कि कोई आपको चाहेगा या यूँ कहें कि आप दोनों में से किसी को इश्क वाला बुखार हो और मुहब्बत को डीस्क्राइब करना तो....नामुमकिन , वैसे तो हर पहली के जवाब होते हैं और इसके भी हैं और मैं कौन हूँ...? मालूम नहीं सायद वहीँ जो इन सारे मसलों के बारे में बताने कि नाकाम कोशिश कर रहा है खैर जिस बात पर अटके हैं उस बात पर जरा नज़र डालते हैं पहली मुलाक़ और कुछ बातें फिर दोस्ती फिर प्रपोसज्ल फिर एक्सेप्ट हुआ तो हमसफ़र न हुआ तो गई भैस पानी में तो मुहब्बत को समझा पाना आसान नही है वैसे तो कई मजनू बन जाते हैं और कई पागल हो जाते हैं और यूँ कहूँ तो पूरी तरह ख़त्म ख्ल्लाश और बहुत कुछ और इन्हीं कि वजह से मयखाने (बार) किसी सेवनटी परसेंट ऑफ चलने वाली सेल कि दूकान कि तरह बड़े मजे से चमकती हैं और हम जैसे दोस्त उन मजनू कि महफ़िल में बैठकर दिलासा देने जाते हैं कि भाई वो गई न, छोड़ अब जाने दे, अच्छे दिन आएँगे कोई और मिल जाएगी न ,बस हो गया एसेट्रा-एसेट्रा... तो! ,मैं वहीँ मजनू का दोस्त हूँ जो मुहब्बत को परिभाषित करने कि कोशिश कर रहा है वैसे कॉलेज का पहला दिन और बोरिंग लेक्चर ही मुझे याद है और हाँ दिल टूटे आशिकों कि दास्तान भी , जब कॉलेज जाने लगा तभी से इस ३ पाउंड के दिमाग में इश्क और मुहब्बत जैसे फेमस सब्जेक के लिए कड़वे जहर भरे जाने लगे थे और मैं वो जहर से भरा काढ़हा पिता गया और पीता गया और बस पीता ही गया और मेरे दिंमाग में अच्छा खासा वायरस बनते गया और वायरस ने बिना बताय ही एंटी वायरस का भोग कर लिया और मेरी

जिंदगी में मुझे किसी इंसान से मुहब्बत तो नहीं हुआ पर हाँ किताबो से जरुर हुआ वो भी बे-इम्तहाँ और उसी चक्कर में मैंने लाईब्रेरी के चक्कर खूब काटे, किताबों के लिए या यूँ कहें अपने हमसफ़र के लिए और हर दिन एक जैसा ही था कॉलेज के पुरे दो साल बोरिंग पर अभी तो एक साल बाकी थे मैं जब अपनी लास्ट ईयर में पंहुचा तो मुझे पता नहीं क्या हुआ बाहर बारिश होरी थी और मैं लाइब्रेरी में बैठकर अपनी किताब पढ़ रहा था और एक लड़की दौड़ कर लाइब्रेरी कि गेट से इंटर हुई रेशमी जुल्फ़े ,काली-काली आँखें ,बड़ा सा चश्मा, कद वहीं कुछ 5 फूट दो इंच और चेक सर्ट और चिनोस ट्राउजर पहने हुए खड़ी थी मेरे दिल में ओह सॉरी लाइब्रेरी के रूम में तब मुझे लगा कि सायद मुझे अब इश्क वाला बुखार होने लगा है, ऐसा लग रहा था मानों ऊपर वाले ने मेरी सुनली हो बहुत सालों बाद, उसे देख कर ऐसे लग रहा था मानों कोई अप्सरा सीधे सवर्ग से निचे जमीन में पधारी हैं और मैं देखता ही रह गया उसे , खैर थोड़ी देर बाद बेल बजी और हम-सब अपनी क्लास में पहुँच गए ,मैं उन्हीं यादों को बार-बार टटोल रहा था जो आज मेरे साथ लाईब्रेरी में हुई और मानों जैसे मैं क्लास में हो कर भी उस लाईब्रेरी में ही बैठा था और उसे देख रहा था और उतने में ही क्लास में हमारे प्रोफ़ेसर आगये और मैं ख्यालों कि दुनियां से वापस क्लास में , कुछ देर बाद लेक्चर इस्टार्ट हुआ और फिर वहीँ बोरिंग लेक्चर दुबारा सुरु होकर ख़त्म हो गया और बेल बजी और सब क्लास से निकल कर अपनी-अपनी मंज़िल कि ओर बढ़ने लगे मतलब घर कि ओर, और मैं पता नहीं क्यों ,उस रूहानी मुलाक़ात को टटोल रहा था और घर पहुच कर फिर से वहीँ सारेकाम निपटा कर डिन्नर कर के अपने रूम में बैठ कर अपने दोस्तों से बातें करने लगा फ़ोन पर, मालूम नहीं आखिर मैं उसे क्यों याद कर रहा था इस वक़्त भी, वो क्यूँ मेरे दिंमाग में ,दिल में अचानक कब्ज़ा करने लगी थी और मैं अपना घर जैसा दिल भी बिना किराये मांगे ही दे चूका था बड़ा अजीब सिचुवेसन में फसने लगा था, वो जो आज तक प्यार के चक्कर में नही पड़ा और अपने दोस्तों कि बटेर (जी. एफ)की खिल्लीयां उड़ाता था आज वहीँ प्यार के माया जाल में फ्सने लगा था और कुछ कर भी नहीं

सक रहा था पूरी तरह चारों खाने चित हो गये थे मेरे और मैं दोस्तों को बताना तो चाहता था पर मेरी खिल्ली न उड़ जाए इस डर से बताया ही नही, जाने क्यूँ मैं बस उनकी बातों में हाँ ठीक है बस यही रीप्लाई कर रहा था और कुछ देर बाद मैं कॉल कट करके सो गया पर सपने में भी वही चश्मे वाली लड़की दिखने लगी थी और मैं उस सपने में भी लाईब्रेरी में बैठा उसे देख रहा था और बड़ा इश्क़ वाला सिन चल रहा था और हम एक दुसरे कि आँखों में डूबकर बातें कर रहे थे और मैं किसी बात को लेकर मुस्कुरा रहा था कि तभी किसी ने आवाज लगायी नास्ता रेडी हो गया है राहुल उठ जाओ कॉलेज नही जाना है तुम्हे कितनी देर से सो रहे हो ये तो मेरी माँ कि आवाज है मैं जल्दी उठ कर रेडी होके बिना ब्रेक फ़ास्ट किये ही कॉलेज निकल गया और मैं आज क्लास में लेट से पहुचने में बाल-बाल बच गया थेंक गोड अटेंडेंस सिट में अप्सेंट लगने से बच गया क्लास सुरु हुई वही बोरिंग लेक्चर फिर वही विवरण आज फिर एक्स्ट्रा पढाई करनी पड़ेगी फिर मैं यही सोच कर ,मैं बाकि क्लास अटेंड कर के लंच में ही फिर लाईब्रेरी में पहुच कर बुक ईशु कराया ही था कि वही लड़की फिर से दिख गयी मुझे और उसी काउंटर में जहाँ मैं खड़ा था और मैं फिर सोचने लगा अजीब एक्त्फाक है ये फिर से पर ऐसा क्यू उसने मेरी तरफ़ देख कर इस्माइ कि कहा हाए एम रिया और मैं जैसे थम सा गया ऐसे लग रहा था सब कुछ श्लों मोसान में चल रहा है और किसी पुराने मूवी के गाने चल रहे हो ‘कोई मिल गया क्या बताऊ यारों कुछ इस तरह उसने कहा हेल्लों कहा खो गये हो और मैंने कहा सॉरी एम राहुल उसने कहा ओह मैंने कहा आप यहाँ उतने में ही उसने कहा मैं इस कॉलेज में नई हूँ और मैं सोचने लगा ओह जूनियर मीन ऑफ़ फ्रेशी और मैंने कहा अच्छा ठीक है उसने मुझे पूछा केस्वली ही, तुम?, मैं आधे शब्द में ही कह दिया मैं पुराना हूँ मतलब लास्ट ईयर में हूँ उसने कहा ओके फिर उसने थोड़े सहम कर कहा यहाँ रेगिंग तो नही होती है न सर और मैं थोड़ा मुस्कुराया और कहा क्या लगता है और फिर उसने सर झुका लिया और मैंने कहा चिंता मत करो कोई नही लेगा रेगिग और मुझे सर मत बोलो पिल्ज़, फिर वो मुस्कुरा कर बोली थेंक यू और फिर कुछ देर

बाद वो वहां से चले गई मैं लाईब्रेरी में बैठ कर सुकून से किताब पढ़ने लगा फिर कुछ देर बाद पन्नों को टटोलते वक़्त बिच से न जाने एक मुरझाया हुआ गुलाब मुझे देखने लगा मतलब पन्नों में दबा मुझे मिला और मैं सोचने लगा कि मेरे साथ कुछ दिनों से ही बहुत कुछ होने लगा है क्या चल रहा है आखिर मेरे दिलो दिंमाग में, कहीं जो मैं सोच रहा हूँ वही तो नही होरा प्यार,मुहब्बत और एसेट्रा-एसेट्रा पर वो लड़की कितनी क्यूट है यार मानना पड़ेगा और मैं फिर कुछ देर बाद मैं अपने क्लास कि तरफ निकल गया फिर कुछ देर बाद क्लास ख़त्म हुई और मैं घर निकल गया मेरे कुछ दोस्तों ने मुझे लाईब्रेरी में मुझे, रिया के साथ देख लिया था और कहाँ ओह भैई आज तू किसके साथ लाईब्रेरी था कौन है जी.ऍफ़ है क्या ? और मैंने कहा नही यार और फिर दोस्तों ने बोला साले झूठे मत बता हम पता लगा लेंगे और मैं थोड़ा डर गया कि कहीं वो उससे ही पूछने मत चले जाए और फिर थोड़ी देर बाद मैं घर पहुच गया और आज किसी रिलेटिव कि सादी में जाना था जैसे ही मैं घर के अंदर पंहुचा वैसे ही माँ ने कहा तुम चलोगे न तुम्हारे पापा मीटिंग में फस गये हैं तो हमें ही जाना पड़ेगा बेटे जल्दी रेडी हो जाओ और मैंने हाँ कहा और मैं झट पट रेडी हो गया और फिर कुछ देर में हम पहुच गये अपने रिलेटिव कि सादी में वैसे तो वो मेरे मामा ही लगते थे पर ख़ास नही इसीलिए उन्हें रिलेटिव ही कहना बहतर लगता था तो हम पहुचे ही थे कि वहाँ रिया भी थी और पता नही क्यों उसे देख मैं फिर अपने होस गवाने वाला था कि तभी मेरी माँ ने बताया बेटा ये रिया है तुम्हारे जबलपुर वाले मामा जी कि लड़की है तुम नहीं पहचाने क्या ? बचपन में साथ खेलते थे और मैं हैरान हो गया कि ये सुन्दर कन्या मेरी मामा जी कि लड़की है वाह गजब आई मीन ओसाम और बहुत शौक लगा मुझे फिर माँ ने कहा तुम दोनो यहाँ पर रुको मैं थोड़े देर में आती हूँ और फिर माँ उनके रिलेटिव से मिलने चले गई फिर रिया मुझे देखने लगी और मैं इधर-उधर और उसने कहा हल्लो क्या हुआ ?

Kamal Singh

A Theatre artist, Poet and Storyteller from Jharkhand and currently living in Delhi. Wrote a play on Netaji Subhash Chandra Bose and currently writing a play on Complexity in Relationship.

बातें मेरी तुम्हारी

आओ बैठें और बातें करें कुछ हमारी
मेरी तुम्हारी नहीं, बल्कि हम दोनों की सारी।
तुम्हारी चुप्पी से तुम्हारे कहकहों की
कुछ तुम्हारा गुस्सा और यादें प्यारी।
कुछ बेवकूफियों वाली हरकतें मेरी
और फिर उन्हें छुपाने की अदाकारी।
कुछ पुराने रास्ते और हमारा सफ़र
कुछ नए पड़ाव और नई मंजिलें हमारी।
वो साथ बैठना घंटों ख़ामोशी के साथ
और बकबक से भरी शामों की क्यारी।
कितना कुछ है याद करने को, बात करने को
पर हमें फिर भी पसंद है दुनियादारी।
मेरे लिए दुनिया उतनी जो दिखे तुम्हारी आंखों में
मेरी आंखों में बस तस्वीर तुम्हारी।

पार्क की बेंच

पार्क की उस बेंच पर जहां हम कभी बैठे ही नहीं मैं तुम्हारा इंतज़ार करता हूं।
सेमल के गिरे फूल जिनसे पूरा पार्क लाल है, तुम्हारी बातें दो चार करता हूं।
पार्क की उस बेंच पर जहां हम कभी बैठे ही नहीं मैं तुम्हारा इंतज़ार करता हूं।
यूं ही गुज़र जाए ये ज़िंदगी, इतना ख़ूबसूरत है एहसास इस इंतज़ार का।
हर रोज़ अपनी आंखें बंद कर खुद से ही इस एहसास का क़रार करता हूं।
पार्क की उस बेंच पर जहां हम कभी बैठे ही नहीं मैं तुम्हारा इंतज़ार करता हूं।
कभी गुज़रोगी तुम इस पार्क से तो ख़ुद को हर जगह महसूस कर पाओगी।
यहां हर चीज़ वाक़िफ़ है तुमसे, इक तुम्हारा ही ज़िक्र तो इनसे हर बार करता हूं।
पार्क की उस बेंच पर जहां हम कभी बैठे ही नहीं मैं तुम्हारा इंतज़ार करता हूं।
सोचो जब तुम बुड्ढी हो, मुझे पहचान भी न पाओगी और हम यहां मिलें।
अपने बिना दांतों वाले मुंह से कहुंगा, मैं अब भी तुमसे उतना ही प्यार करता हूं।
पार्क की उस बेंच पर जहां हम कभी बैठे ही नहीं मैं तुम्हारा इंतज़ार करता हूं।

Ridhima Jaggi

Ridhima Jaggi is 16 years old girl who loves to write and draw. Being an Introvert she prefers speaking through her writing and paintings.

Ladka Hai Na Isliye Ro Nahi Sakta

Mard ko kabhi dard nahi hota,
Aur jise dard ho wo mard nahi hota.
Paida hua to keh diya
Ladke kabhi rote nahi hain.
Aur laga diya ye label ki unke emotions hote nahi hain.

Sau baar toot jata hai,
Hazaar baar bikhar jaata hai.
Akele seekhte seekhte
Sabke samne wo nikhar jata hai.

Der raat kaam se thaka hara aaye
Fir bhi chain se so nahi sakta.
Andr se beshak har jaye
Ladka hai na isliye ro nahi sakta.

Zimmevariya ghar parivar ki
Upar se ummeede is sare sansaar ki.
Wo paise kamane ki machine nahi hai,
Jitni bahr se dikhti hai, uski zindagi utni haseen nahi hai.

Itna bojh utha kar dukhte hai uske bhi kandhe,
Bachta hai wo bhi unse, shareefo ko fasana hai jinke dhandhe.
Har baar wo hi galat ho nhi sakta,
Andar se beshak har jaye par
Ladka hai na isliye ro nahi sakta

Kuch chand ladko ki wjah se kyu badnam hue sare?
Aavara, lufandar jese naamo se kyu unhe pukare?
Itna to hum bhi jante hai ki har insaan ek sa ho nahi sakta.
Beshakh sawalo se ghira hua ho
Pr ladka hai na Isliye ro nahi sakta.

Tanzeel Khan

He is an upcoming writer looking for a break in writing.

My Imagination Is An Empty Canvas, I Paint The World On.

I sit here on my comfy bed, lights out, just the sunlight of early twilight through my window.
I gaze at the pale white ceiling, painting my thoughts all over it with the colours of imagination.
I struggle to decide, what picture to paint, thanks to my reckless brain.
Shall I paint it with inspiration for the world to look upon? To give them hope when they are about to give up.
Shall I paint it with principles for others to follow? That would be useless, wouldn't it? In a world full of people who carry hatred in their hearts, mere words aren't enough.
Shall I paint my heart out and tell the world how I actually feel? No, I can't think of someone who might be interested in that.
Shall I paint my canvas about you? A picture describing all the pain you carry, explaining all the scars you have on your body and on your soul.
It might be surprising for you that I know so much about you but trust me, I can understand even the smallest, the scariest of thoughts that pop up in your mind.
I remember everything you tell me and observe which you don't.
Like that worn out bracelet of yours, you never take of.
It used to be bright yellow, now it's just pale.
Why don't you throw it away? What's the story behind it?
Maybe it's a souvenir you took from a relationship you never moved on.
Maybe it reminds you of your dad. Was it your birthday when he gave you this?
It taints your beauty when you dress pretty let me buy you a new one.

It won't feel the same as this, won't remind you of the moment you cherish so much.
I still can't understand what thoughts you carry with that shabby little bracelet.
Is it to you what writing is to me?
Does it help you paint your own canvas?
The sun is up, I gotta sleep.
One more night passed and my canvas is still empty.

Rakhi Lulla

I am Chartered accountant by profession but Passionate writer from Jalgaon, Maharashtra . She is chartered accountant by profession but passionate writer. She write what She feel Becoz she like to surrender herself in the words of zeal.

Generation of Disaster

We belong to the Generation which is weird and fake,
Because We only live for ourself instead of thinking for oth ers sake.
Our Pictures are full of edit and filters,
Still, we expect from life that it should contain glitters.
We are never happy with the success of others,
And expect everyone to lie down keeping up our feathers.
Nowadays to save relations, we don't try to bend,
Instead of that we prefer to move on saying it's the End.
Karma says you get what you serve,
So, decide it carefully whether it's hatred or love in your nerve.
Life is a game, so play it well,
Before it converts from heaven to hell.

Same life, Different Taste

How can you expect your life to remain stable,
When we cannot live lifetime with the same label.
We want variety in our relations,
That new people entering in our life
are definitely going to make some congestion.
When you get bored having same quisine twice,
How can you expect your health to behave with you nice.
When you fail to keep intact your
friend list,
How you expect some strangers in
your life will create that gist.
When someone need us, we prefer to stay moan,
Then definitely in your pain, you will find yourself alone.
When we cannot be happy instead of having entire closet,
It's Becoz not just your attire but your presentation should be perfect.

Vaibhav Bothra

He is a Chartered Accountant by P rofession, but has a keen interest towards the artistic side of life and seeks to dwell into various colours and forms of humanity through his poems and writeups. He can be reached on wordpress.themadthinkers.com.

Emptiness

Today is a day not so bright
I find in me no joy no delight
My eyes are closed I cant stop my tears
I lost someone and true came my fears
A heart broke when I saw her last
And destroyed dreams shadowed my lovely past
I lifted myself and tried hard to walk
But was unable I stuck like a rock
In front of me stood a heavenly mirror
I don't know why it reflects her
She was there in it looking and smiling at me
I wished time would just stop and she beckons me
Suddenly my eyes blinked and I could see her nowhere
Once again I was left alone broken and totally bare
I feel on me a mountain of pain
I try to bear a lot but all in vain
Now I am on the edge I have to decide a way
Either her memories or a knife on the sway…..

एहसास

आज शाम फिर कुछ उदास हैं
तन्हाई सी लिपटी आस पास हैं
मेरा ना था जो मैने खोया
फिर ऐ दिल तू क्यों रोया
इस दिल को मैने बहुत समझाया
लेकिन अश्क़ तो पलकों को छू आया
एक गम जो कभी लगता था किस्सा
अब हैं मेरे पल पल का हिस्सा
कुछ अनकहे अनसुने से सपने थे
मुझको लगते वह मेरे अपने थे
लेकिन वक़्त की वही चाल पुरानी थी
टूटना था शीशा और आवाज भी नहीं आनी थी
कुछ दर्द तो जैसे बन चुके मेरे हमसफ़र हैं
ख़ुशी से खफा ये ज़िन्दगी लगती बेखबर हैं
चलते तो जाना हैं मुझे अपनी साँसों की डोर पर
की शायद अब गिरना ही तक़दीर हैं दुनिया पर
अपने ज़ज़्बातो को जो मेने स्याही से पिरोया हैं
कहानी हैं उस प्यार की जो कही खोया हैं
मैंने फिर दिल को समझाया हैं
लेकिन एक अश्क़ पलकों को छू आया हैं |

Jatinder Rajpal

A retired civil engineer turned poet and writer.Created more than seventy poems with some meaningful messages .Making videos in selfy mode to utilize my time in lockdown. Write stories in Hindi . Started penning down my experiences and memories in my service and posting on Facebook .

A Shortcut

It was 2000 when I was staying as a forced bachelor atNazira. I was on an official tour when I decided to take my wife with me. From Delhi, we boarded an Indian Airlines flight to Dibrugarh and landed safely. A jeep was waiting outside the airport for our journey by road to Nazira.

It was the first visit of my wife to Nazira. She had read and learnt a lot about the beauty of the state, the culture of Assam and the simplicity of people. She was mesmerized when we travelled on a narrow road passing through deep and lush green forests.

En route, we discussed the residence, availability of fruits and vegetables, friends, their families and planned our activities at Nazira. My wife was excited and enchanted with my rosy descriptions.

We came out of our thoughts w n the jeep driver asked me of taking a shortcut route to Nazira which could save time through a portion of the road that was rough. He informed me that he had already travelled several times on that road. I didn't object to his proposal and our jeep took a turn and that turn proved to be a turn and twist in my story.

After travelling a few kilometres, the tarred road converted into a WBM road with recently laid crushed stone metal. It appeared to be the road under construction. The road was full of ditches and humps and we had to be cautious to save our head from hurting as the jeep jumped on the damaged road. Our eyes were on road and our hands holding the jeep frame. As we travelled a few kilometres ahead, we observed a complete silence. The forest turned thicker and thicker. We noticed that there were no huts or houses by the side. There were no by passers or any traffic for the portion we had covered. Strange sounds emitting from the forest were scary and even the noise of our vehicle started frightening us.

All of a sudden, our jeep driver stoppe d the vehicle amid the road. We saw a barrier on the road before us. The barrier was made with two vertical bamboos fixed in the ground on both sides of the road the with a piece of rope connecting them on top. There was sufficient space on both sides to c ross but the driver didn't try even. We were in a state of shock and all sort of negative thoughts of any untoward incident of abduction or killing by some terrorist group started coming to our minds.
After a breathtaking silence, a young boy appeared from the forest with a sharp sword like a weapon in his hand and asked the driver to come out of the jeep in his native language. Before leaving, the driver instructed us not to get down from the jeep in any case and consoled us for trying to handle the situation.
We were speechless with fast and loud heartbeats. Imagining the worst, my wife started shivering and perspiring. I travelled through an era of terror and agony speculating the negative right from abduction, captivity, torture, ransom and brutal killing. I thought of my children and their uncertain future without us and so many thought frightening.
The driver appeared to be arguing with that young boy from a distance, maybe trying to convince or negotiate in his language but we saw his neck movement in nope.
After about ten minutes of horrifying drama, the driver returned and asked me to pay fifty bucks to the boy. I just paid the money and took a sigh of relief. No one can understand the agony and stress we went through in those ten minutes when we were stranded in the middle of the jungle with such a threat of being abducted.
The driver took his seat and apologized for the inconvenience that occurred. He also explained the time taken in negotiations from a hundred rupees to fifty since the boy wanteda hundred rupees for purchasing the rice for his family facing starvation. The driver also requested us not to disclose the incident to anyone for some reasons.

All is well that ends well. But we could not come out of panic for days together and did not e njoy the thrills of our planned tour.

Those horrible memories of shortcut have faded but couldn't be wiped off my mind since a few days later two govt. employees were abducted by ULFA, a terrorist outfit operating in Assam from the same route.

Priya Choudhary

Priya Choudhary is an aspiring writer hailing from Madhya Pradesh but she successfully published two books of her which received amazing response from readers. She is homemaker with a two adorable children's and as well as she is a wonderful writer who bears nice composition within herself. Writing was her passion since ages but she never think to change this into career because she was busy with her house chaos or we can say she was employed 24/7 with a extremely important job in her hand, a job of mother. During lockdown days there was a hope for her to jot down her thoughts and to convey that to the world which helped her to fight with her loneliness during the pandemic days.

कृष्ण का काल्पनिक संवाद

एक बार कृष्ण ने जानबूझकर राधा की पीड़ा जानने के लिए कहा ,अब जरूरत नहीं है तुम्हे हमारी इतनी फिक्र करने की, पत्नी नहीं हो तुम हमारी,
राधा समझ ही नहीं पाई की पूरा जीवन जिनके नाम कर दिया उनके इस सवाल का जवाब कैसे दे,
एक ख्याल के द्वारा राधा का जवाब आया,
आरज़ू थे कान्हा तुम ,पर ज़िद कभी ना करी तुम्हे पाने की।
रोए तो हम बिन आंसू कान्हा,सजा भी क्या खूब मिली,तुमसे दिल लगाने की,
तेरा मेरा रिश्ता मैने रूह से अपनी बंधा है, प्रियसी बनकर ही खुश हूं मै,ना उम्मीद रखती हूं जीवन को पत्नी बनकर बिताने की।
दर्द बिना आंसू के

राधा संवाद

राधा जब भी कृष्ण से मिलने जाती थी, कृष्ण हमेशा गोपियों से घिरे रहते थे,ये देख कर राधा हमेशा कृष्ण से गुस्सा हो जाती थी,कृष्ण कहते है तुम्हारी तरह गोपियों का भी हक है मुझपर,राधा हमेशा सोचती की कृष्ण को अपनी पीड़ा कैसे समझाऊं,तब उन्होंने एक दिन अपनी एक सखी को कृष्ण जैसा बनाया और रास रचाने लगी,जैसे ही कृष्ण ने उनको इस रूप में देखा,कृष्ण गुस्से में लाल पीले होकर बोले,ये क्या! तुम मुझे अपना सब कुछ कहती हो और किसी और के साथ रास लीला कर रही हो,तब राधा मुस्कुराई और बोली.....

फिर दर्द मेरा तू क्यों ना समझे,सिर्फ मेरा क्यू ना होता तू,तेरे बिन कोई मोरा ना,फिर क्यों है मुझको छलता तू।

जन्म में अगले कुछ ऐसा किजो,में कान्हा बनकर आऊंगी जन्म तुम राधा बनकर लिजो फिर समझेगा पीर तू मोरी रास रचाए गोपी संग,झूठ तू बोले राधा मोरी.......

ये दर्द है राधा का

Juhi Gola

Juhi Gola is 19 years old and loves to write poet   ry. She is a 2nd year college going girl. She is a proud NCC Cadet too. Except from poetry she loves to paint and do photography.

(1)

Phoolon ki Mehak frse aayi hai
Suraj ne kirne frse Chamkai hai
Cehre ki raunak vapis aayi hai
Dil ki Dhadkan bhagti nazar aayi hai
Ye sab chala gya tha uske sath
Jo lautkr vapis aaya hai
Un baaton ke sath
Vo muskurahat vapis aayi hai
Beetein lamhon ke sath
Vo yaadein vapis aayi hai
Adhi adhuri duriyon ke sath
Vo nazdikiyan vapis aayi hai

(2)

Tere hath mein mera hath ho na ho
Tere cehre pr khushi cahti hoon
Mere dil mein tera naam ho na ho
Tere sath kuch haseen lamhe bitana cahti hoon

Aakanksha Goel

She is an enthusiastic person who love to explore various fields. Besides writing and reading, she has been a teacher and a great motivator.

Courage

An irreparable vent apparent to heart and mind
A fickle destiny, almost shivering at every stride,
Don't give up, stance and retaliate
You can, look straight across the iris of the enemy,
You ain't fragile, you are colossal
Gather courage, Don't slip
Move ahead, launch the arrow of confidence
One life, give it a meaning
Time isn't infinite, its coherent
Fall, fall , fall yet stand again
Gather courage, burn the wrath of faliure
You are strong, awake the slumbering Lion maniac.

A Ray of Hope

In the storm of retracting thoughts,
I found myself twerking in the midst of vortex,
The reverberating hoard phrases hitting the confluence of heart and mind,
The tug of war exasperating the tranquil of soul,
Couldn't be the war end to the shore.
Stumbling and ambling I found myself unconscious,
Wide awake I saw a path, a ray of hope
A glance too spunky to magnetize instantly,
I moved I stanced, I retaliated
I chiselled the humongous courage, collating the rationality of life.
The seclusion ain't a delicacy, its a root to stand brawny in a bummer.

The Unspoken Words

The unspoken words roar the loudest sound,
Ain't refuge but lurk in entrails
The unspoken words aren't delicate,
Instead, spunky enough to fathom a locale.
The unspoken words oppress the habitat's mind,
Oscillating to and fro, not being too kind.
The unspoken words like our shadow
invincible stay, still leaves in quirky terrains.

Hemali Majethiya

HR by profession and photoholic and mountain lover by passion.
She never ever read any book and doesn't have any hobby of writing but she writes because of she feels for someone and get inspired.

उनका यूं बेखबर होने का ढोंग रचाना....

पुरा सहर आज शोर मचा रहा है उसके नाम का मेरे सामने,
वो खुद खबर होते हुऐ कोने मे बैठा है बेखबर सा हुआँ,
वो वैसे बैठा हुआ है,
जैसे कोई जाना पेह्चाना अजनबी ढोंग रचा है इस दुनिया की भीड़ मे मुझे ना पेह्चानने का...

मेरी कोशिशों का बेकाबु होना...

उनकी आँखे एक गहरा समंदर,
मेरा जीतना बहार निकलने कोशिश करना उतना ही गहरा डूबते चले जाना,
और उसमे उनका वो मुझे देख कर आँखों से मुस्कुराना,
और फ़िर मेरा खुद को संभाल ने की कोशीश का बेकाबु होना....

आपका एक हल्का सा इशारा काफी है..

तुझे पाने की चाह मे खुद खो ना जाऊ कही बडी मुश्किल से संभालके रखा है अपने आप को कही डूब ना जाऊ कही,
अगर मे डूबी तेरे इस समंदर मे तो जरा सा सहारा देके उठा देना तु,
कुछ करे या ना करे मुझे और मेरी खवाहिशो को डूबने मत देना तु...
अगर तु समझ ना सके मेरी खवाहिशो तो कोई बात नही पहले ही इशारा कर देना लेहर बन कर तु,
मे कुछ युही थम सी जाऊंगी तेरे इस किनारे पे,
अगर तु समझ जाये मेरी खवाहिशो को तब भी हल्का सा इशारा करके बसा लेना मुझे तेरे इस समंदर मे.
तुम सिर्फ़ इतना करना की मुझे एक हलका सा इशारा करना...

Aryan Prasad Kushwaha

Aryan Prasad Kushwaha, is senior 12th grader student from Jawahar Navodaya Vidyalaya, Umaria. He is 15years old. Usually, he writes under the pseudonym ÅPK and आर्य पुत्र. He used to write writings including poetries, essays and articles. He has a firm grip in the English language, although he used to write in Hindi too. Being a teenager and newbie in literature, he is steadily advancing his skills.

Brat's Hello

One arvo in a mess
When feeding my belly,
The talk which was less
With brats hello steadily,

Who never talked to me
Gave a smile,
I was zealous again
With my lethargic life.

कृति का विध्वंस

जान एक कागज पर तू छिड़कता है क्यों?
महज एक पन्ने का ध्यान रखता है क्यों?
ये कृति जो तूने रची
एक दिन तुझे रुलाएँगी
स्व-कृति ही तुझे
स्व-अहसास दिलाएगी
जब फाड़ एक विक्षिप्त मित्र
ने दी तेरी वह कृति
मन दुखित
तन दुखित
ये दुख का सागर खुला
उस आत्मा का क्षय हुआ
जो कागज़ में थी बसी
मन दुखित
तन दुखित
ये दुख का सागर खुला
पर,
आज भी ना जान पाया
महज एक जने पर जान छिड़कता हूँ क्यों?

Aparna Radharaman Agnihotri

Aparna has been through her own ups & downs, that doesn't describe her, but has played a very vital role in molding her in what she is today. An adventurer with a heart of a introvert! She is a truly devoted to her goals because she is extremely determined.

Confidence :- Most Authentic Wear
(Part -1)

When a girl is asked in the marriage proposal, whether she has agreed or not , for that relationship? Is her consideration done in real or just for formality. I am not applying this survey's study to all the 100% families, but 1:2 is the perfect say, where the girl's will, doesn't matter at all. Whether it be some orthodox fami ly or some business deal, that was done at the time of birth, itself, without the knowledge of that baby girl, an infant!

Usually girls aren't born with all powers, Power to adjust, power to control , power to compromise, power to understand, power to see things through the eyes of your families perspectives. They built it, slowly slowly...with all each step of their life when their say doens't matter, "power to understand" that ,it's okay ,their suggestions or opinions are also good! When they are told wh at has to be done , they master the" power of adjustment". When they are being told that some things are just meant to be done by boys, "power to control". When they are told they are only allowed to study till certain age limit or they are allowed to go a way for further studies, they master the "power of compromise". When the decision is taken on their behalf to marry the one, whom their family has chosen, they learn the "power to see through the perspective of their family."

I am not saying that what fam ily does for their daughters are always wrong ,but my question is if you make your daughters so powerful to be extremely powerless, then how can you blame them,when they can't make correct decision in their lives. When at every step of life, you just kept on imposing your decisions on her, when you yourself made sure that she doubt herself, by not considering her ideas as valuable as yours, just because she is a girl, and she might take some decisions emotionally rather than intellectually.

You know a fear is set in the head of few girls, that fear just raises a simple question in their mind ,will I be able to do it or not? I ask why? Why do a girl get stuck with this question. The biggest hurddle is their own way of confidence. They are not ready to boost themselves up,that no matter what, I can do it, I ll do it!

Rishu Gupta

रिशु एक साधारण सी महिला है।
जो 5 साल की बेटी की मां है।
ये एक कामकाजी महिला है जो एक शिक्षिका है और चित्रकारी में भी रुचि रखती है।
ये दिल से तो एक कवयित्री है जो कि कई किताबों का हिस्सा रह चुकी हैं।
आशा करते हैं कि इनकी लिखी हुई कविताएं आपको आगे भी प्रेरित करती रहेंगी।

कोरोना

कोरोना कोरोना , क्या है ये कोरोना ,
क्यू इसको लेकर पड रहा है रोना !

इसकी है गलती या है कोई शख़्सियत ,
जिसकी सज़ा भुगत रहा आज हर कोई चाहे हो आदमी आम या
फिर जिसकी हो कोई खासियत !

इसने तबाह किये कई घर ,
खाने को भी तरस गए कई मुँह और घूम रहे दरबदर !

जहाँ से आया है वहीं को चला जा ,
अमीर का तो रोज़ रविवार और गरीब घर जाने से भी रह गया !

भाग जा कोरोना वरना बददुआ खा जाएगी तुझे ,
क्या तुझे नही मालूम , हमारी तुलसी काढा व हल्दी बचा लेगी मुझे !

भाग जा कोरोना , भाग जा !!!

Parents - A Companion Or Liability

Parents are like a COMPANION, who will never let your tears come as you get when you cut ONION.

Parents are your true BUDDY, who can never be themselves or GREEDY.

Parents are like a SHIELD, who can never let you down in any FIELD.

Parents are not at all a BURDEN, they are a bed of flowers of your family's GARDEN.

Parents never asks for a FAVOUR, but always acts as an addition or FLAVOUR.

Without them you don 't have any IDENTITY, so keep them happy and healthy should be your foremost PRIORITY.

Parents are not a liability...

शिल्पी रानी

A young law student who strongly believes that words have great power and feelings are great weapon. So feel, Write & Rock it. Be the change yourself. All that matters at end is Winning Hearts!

घर से शुरुआत

क्या हुआ?? क्या हुआ 'गर लड़के घर का काम करते हैं!
आज इन्हीं कुछ खास बातों को चलो हम आम करते हैं,
हां!! आज घर से ही शुरुआत करते हैं।।

क्या हुआ!! 'गर लड़के ज़रा सा रो लेते हैं,
दिल टूटा हैं, सिसकती आंसुओ से तकिया भीगो लेते हैं।
क्या हुआ? 'गर गुलाबी शर्ट पहन ली तो
क्या हो गया 'गर श्रृंगार करना इन्हे पसंद हैं तो!
मासूम जज्बातों को मसला ना जाने क्यों बनाया करते हैं।
चलो ना आज सारी बातों को बेबाक करते हैं,
हां चलो अब घर से ही शुरुआत करते हैं।।

क्या हुआ 'गर लड़कियों को घर से बाहर सुबह से शाम हो जाए,
माना!! महफूज़ नहीं हैं वो!
तो इसके लिए उन पर रोक नहीं, लड़कों को सिखलाएं,
सिखलाएँ उन्हें की कपड़ों का कद निमंत्रण नहीं होता।
अकेली राहों में पीछा करती आहटों का खौफ बतलाए,
हां बतलाए उन्हें की दुनिया के ताने कैसे वो सहती हैं,
जिंदा हैं! मगर कैसे वो घूट घूट के रहती हैं।
आज इन सारी बातों को बेबाक कहते हैं,
चलो ना अपने घर से ही शुरुआत करते हैं।।

पीरियड का दाग कपड़ों पर लग जाए तो ना जाने क्यों लोग मज़ाक उड़ाते हैं!
ब्रा स्ट्रैप ज़रा सा क्या दिख जाए लोग बस घूरते रह जाते हैं।
सेक्स के बारे में बातें करे तो हम बेशर्म कहलाए,
हां ये जरूरी कहा? ये तो बेशर्मी हैं!!

जरूरी तो ये हैं ना की किसी के रेप या मरने के बाद कितने मोमबत्तियां जलाए!?

वक्त बदल रहा, सबकुछ बदल रहा - तुम भी बदलो ना,
कलयुग हैं कुछ भी हो सकता कह के पीछे क्यों हटना?
कलयुग के दरिंदों के बीच कम से कम तुम इंसान बन जाओ ना।
इन्हीं कुछ खास बातों को आज आम बनाना हैं,
यौन शिक्षा जरूरी हैं - ये सबको बतलाना हैं।
हां तो चलो अब से सारी बातें बेबाक करते हैं,
हां अब घर से ही शुरुआत करते हैं।।

Prashant Soni

He is calm, innocent & little bit shy person & interested in playing with words in a poetic manner.

कोरोना

जिन्दगी के इस परेशानी के दौर में भी मुस्कुराना जरूरी है,और हम सब को मिलकर इस कोरोना को हराना जरूरी है।

घर में रहिये श्रीमान,क्यों बाहर जाना जरूरी है,अभी सबसे जरूरी ये दूरी है।

ये मजबूरी ही सही,ये मजबूरी अभी बहुत जरूरी है।

है गुस्से में कुदरत,उसका हिसाब बाकी है। उसकी अदालत में मिलती नहीं माफी है।

किये सितम ऐ इंसान तूने भी कुछ कम नहीं, तू जितना बेरहम है कुदरत उससे तो ज्यादा बेरहम नहीं।

ये कुदरत का कहर ही तो कोरोना बनकर बरस रहा है, है जानवर आजाद और इंसान आज़ादी के लिए तरस रहा है।

अगर बचना है इस महामारी से तो घर पर रहकर इस वायरस को भी तरसाना जरूरी है, क्योंकि हम सबको मिलकर इस कोरोना को हराना जरूरी है।

कितना समय हो गया था प्रदूषण से मुरझाए फूलों को खिले हुए,

एक अरसा हो गया था ठीक से अपने अपनों और खुद से मिले हुए।

जिम्मेदारियों को पूरा करने में हम इतना खो गए थे कि घर में रहते हुए भी अपनों से दूर हो गए थे।

अब वक़्त मिला है तो रिश्तों पर जमी बर्फ का भी पिघलना जरुरी है।

इसलिए घर पर रहकर अपनों से मिलना जरुरी है।

क्योंकि अगर हमनें लापरवाही की तो कैद का ये दौर लम्बा भी चल सकता है,और हमको इसका बड़ा खामियाजा भी भुगतना पड़ सकता है।

दुनिया की हालत क्या है ये आप सब जानते हैं,फिर भी सरकार का कहा नहीं मानते हैं।

शुरुआत में सैकड़ों हज़ारों की संख्या में थे कोरोना के मरीज़,पर अब तो मौत का आंकड़ा लाखों के पार हो चुका है।

हमारे पड़ोसी देश में तो मौत की नींद सोने वालों के लिए 80 एकड़ का बिस्तर तैयार हो चुका है।
इटली जैसे कई देशों में ताबूतों में लाशें सड़ रहीं हैं,फिर भी इस महामारी को पैदा करने वाला देश अपनी मक्कारी पर है कायम,उसकी नियत नहीं बदल रही है।
जहाँ जिन्दा लोग रहते थे शान से,वहाँ अब मुर्दों के लिए भी जगह नहीं है।
क्या आपके घर पर रहने के लिए ये वज़ह काफ़ी नहीं है।
बाहर सिर्फ जरूरी काम से जाईये, वरना आप गये काम से,समझ जाईये।
क्योंकि इस दुनिया में भगवान की मर्ज़ी से ही आना और जाना जरूरी है।
इसलिए सावधान रहिये क्योंकि हम सबको मिलकर हर हाल में कोरोना को हराना जरूरी है ।।

Surovi Paul

Pursuing my dreams in medicine and penning my thoughts is something I love to.

Feminine: Civility or Cuss

From getting throttled of her ego,
To feel false guilt,
Her confidence was burning into ashes.
Gushing of clueless thoughts in her mind,
Let the society to be judgemental.
Dropping herself into fragments every minute,
She violently ran for peace,
To save herself from the rage of atrocities.
After those 9 months in womb then,
Mother's lap was her home now to heal again.

Giftson Jose

Giftson Jose is a teacher at Sharda English School,Kaij and currently be a part of many social organizations. As not only a teacher,he is a good writer and participating in many poetry and story writing competitions. He is a dedicated teacher to his Students and that's why got selected as the best role model teacher in 2019. He born in Kerala and served as teacher in Tamilnadu, Karnataka and Maharashtra. He is a volunteer in United Nations Volunteers, State executive member in Kerala Students Congress and many more organizations. He is an individual who lives with passion, dedication and grace.

My Memories

I'm in love with the sense of life,
Nor Joy with those sleepless nights
With all the skies were sunshine
And with the cooling splash of rain
Where the ripple dewdrops lies..

Everything changed in the hands of days,
As without it what does life mean
There to rise and vanish the smiles
But the moments left by life remains
By the same way as my living memories..

Behind every dark clouds of my Life,
Still rise up more dreams as looming
Those dreams always locked up tight for
The dreams once made scattered
With thought of own shattering cry..

Into the living sea of my life's esteems,
And even the winds of whispering smiles
I wish an ensure fun- fiilled days and nights
Melting in my warm days that I believe
My Memories, that none can take away..

The Full Moon

When I was sitting in the quietness
Some sound waves of vibrations came
Look up at the pretty shiny full moon
It's round as a silver selene sphere.

When I was looking in the night skies
It feels to notice that the glossy
Instead, I will concentrate that
Smile of your crystal ball shaped face.

When I was thinking in the darkness
It made me a little wonder sometimes
Even the darkest duskiness time also
Standing alone and shine it's hope of light.

When I was writing in the incessant thoughts
It tells the utter truth of our real life
Not everyone can't shine like a sun
Let's be a moon of our own dark times.

Manisha

She is Manisha from Agra, she uses pen & paper to find her inner peace especially she loves to write around the reality of life, she is MBA candidate from MGKVP University and she also sings so well.

गुमराह

हर कोई मौके की ताख में लगा हुआ है
एक दूसरे को गिराने की आस में लगा हुआ है
ये दुनिया बहुत मतलबी है दोस्तो,
हर कोई कहता है मेरे घर के पास आग लगा हुआ है।

प्यार हो, दोस्ती हो या हो कोई रिश्ता
इस दुनिया में हर कोई है पिसता
अगर में कदम बढ़ाऊं अपनी कामयाबी की ओर,
तो उस जगह से मुझे हर कोई है साफ साफ दिखता ।

मुश्किल है ये सफर सच्चाई का
ये जमाना कहां है अब भालाई का

ग़लत राह वाला ही तो सबसे ज्यादा कमाता है
अच्छाई को तो हर कोई दबाता है
इस जमाना की अब बात ही क्या बताऊं दोस्तो,
हर कोई बस बुराई का साथ ही निभाता है।

कहीं होनहार को हार तो बेईमान को मान मिल रहा है,
नेकी की राह से हर कोई गुमराह हो रहा है।
सच्चाई का सफर अब और मुस्किल हो रहा है
हर कोई बस गुमराह हो रहा है

अनपढ़ औरत

एक अनपढ़ औरत इतनी खाली हो जाती है,
कि हर किसी से गाली खा जाती है।
रिश्ता कैसा भी हों इनको सम्मान नहीं मिल पाता है।
जानी जाती है करते ये इधर- उधर की बाते,
है इनके पास खाली इतना वक़्त,
करे बुराईयां जिसमें ये इधर- उधर की हर वक़्त।
(उसको देखो कैसे चल रही है, कैसे चार लोगों के बीच में नाच रही है, और यह बाते ये औरतें चार और लोगों को बता रही है, बहुत सारा खाली वक़्त है, जिसको ये इन्हीं चीजों में गवा रही है)
दिन रात एक ही रोना अपना सुना रही है
इसी में अपना सारा वक़्त ये गवा रही है
देख कर के दूसरो को अपना खून ये जला रही है।
अच्छे कामों में वक़्त अपना औरत जो लगा रही है
नहीं ले पा रही ये(अनपढ़ औरत) चपेट में उनको(समझदार औरत)
तो इस चीज से जलकर ये अपनी होशियारी को दिखा रही है,
और इन्हीं हरकतों से ये पीछे जाती जा रही है,
पीछे जाती जा रही है।

बेटी पढ़ाओ , समाज बनाओ।।।

Archie Panjwani

Currently she is a BBA student, and a resident of balaghat (M.P.). She is a very supportive and a fun loving person, and has a passion of beautiful writing.
She believes that the most beautiful thing in this world cannot be seen or even touched. They must be felt with pure heart!
She is a very jolly person who helps people in their problems as it's her own. She loves to dance , sing and many other activities which she can enjoy fully. She loves to spread smiles. She is a person who wants everyone to stay happy, kick away all the sadness and enjoy their life with immense pleasure

Listen, If You Can.... Please Stay

There is so much left to do for us
The autumn wind has yet not dispersed leaves on the ground

The dew drops have yet not begun to taste
like winter
The goblet of love has not yet full to the brim

The heaven of memories has not yet dispersed by you

Our conversations are yet unfinished

Some distances are yet to be covered
Listen, If you can..... Jst stay
You have yet to taste all colours of our childhood

We have yet to live together live the time of adulthood together

You are yet to be tasted with the freshness of a roadside tea

We are yet to fight about the bills and cash flows

And yet to keep all our dreams under a shared pillow
Shooting stars are yet to meet our wish
The moonlight is yet to set on your face
Old wounds are yet to heal with time Changing times are yet
to teach a lesson with time
An ocean of happiness yet flows within tears

So when you ask what pain is, all i can say is listen, If you can
stay

Please stay

Even if till the end of the day. If you can
Then please stay

And if you cannot
Then listen, If you can come back
Please return!

Aasma Khan

Aasma Khan's motto is to influence people with her positive writings. Her love for writing has developed since from school days. She believes that positive writings can change the world. If uh will read her poems youwill get to know that her writings are based on motivational types. She believes that one can achieve success if they work hard and have determination to be successful.

एक केवल वह सिर्फ माँ ही होती है।

माँ तुझसे ही तो मेरी ज़िंदगानी है,
है तेरे कदमो मे स्वर्ग बसा,
तेरे बिन है जीवन मेरा अधूरा,
तु घर पर ना हो तो घर हो सुना सुना,
हमारी गलतियों को सुधारने वाली,
प्यार से हमे निखारने वाली,
एक केवल वह सिर्फ माँ ही होती है।

मुसीबत में एक नयी राह होती है,
हर बच्चे के दिल की चाह होती है,
और उसे बेहतर कौन जान सकता है,
एक केवल वह सिर्फ माँ ही होती है।

हर मुश्किलो का सामना करने वाली,
अपनी खुदकी ख्वाहिशें मिठाने वाली,
अपने बच्चो की खुशी और हर ख्वाहिशें पूरी करने वाली,
एक केवल वह सिर्फ माँ ही होती है।

मै खुश हु या उदास वह सब जानती है,
मै अगर उसे कुछ बोलु या ना बोलु वह मेरी आँखो को पढ़के मुझे पहचान लेती है,
एक केवल वह सिर्फ माँ ही होती है।

Arz Karugi

Jeevan ke har andhere meh,
Jalna sikhaya hai Aapne..
Agar kuch haasil karna hai zindagi meh ,
Uss Raah par chalana sikhaya hai Aapne...

Believe In Yourself N Fullfil Your Dreams:

Everyday is your new day.
Live it like this is your last day.
Because tomorrow is not promised.
Aim high!! And make your dreams turn into reality.

Ankit Patidar

Writer by passion (love to write shayari, poe try, gazal), Pharmacist by profession

(1)

दिल में जो हो खुल के बताया कर
ना खुद रोया कर ना हमें रुलाया कर

अफ़सोस ना किया कर मेरे जाने कर
तु मेरे आने के सपने सजाया कर

डूब जाऊं तेरी आँखों में अगर जो
तु अपने एहसास से मुझे जगाया कर

लोग पूछेंगे वजह तेरे आने की
तु मुझे कारण बताया कर

और इश्क़ है अगर तो केसा घबराना
तु मोहोब्बत मेहबूब पर तो जताया कर

अरे हम गेरों के लिए अपनी जान दे देते हैं
कभी तु भी हमें आज़माया कर

जो कभी खयाल चुके मुझसे तेरे
तु चिट्ठी लिख कर याद दिलाया कर

ज़िन्दगी कर सफर

ये ज़िन्दगी का सफर है, मुश्किल तो नहीं,
पर संघर्ष बिना, आसाँ भी नहीं।

ये ज़िन्दगी का सफर, अकेले ही चलना है,
खुद ही गिरना है, खुद ही संभलना है।

जब तुम्हारे पास पैसा होगा, तो दुश्मन भी साथ देगा,
मगर जब पैसा नहीं, तो दोस्त भी लात देगा।

कर ले संघर्ष अभी तो, समय भी तेरा साथ देगा,
बाद में पछताए गा, जब समय भी तुझे लात देगा।

तुझे नहीं है, इस समय की लात खाना,
ढूंढ संघर्ष करने का कुछ बहाना।

क्युकी एक न एक दिन हर किसी को छोड़ कर, ये दुनिया है जाना।

तो वक्त रहते, कुछ ऐसा काम कर जा,
कि लोग याद रखे तुझे उनकी यादों में तु अपनी याद भर जा।

क्युकी यहाँ पल पल पर धोखा है, तु बढ़ सफलता की और तुझे किसने
रोका है।

क्या पता कल इतिहास के पन्नों पर,
सुनहरे अक्षरों में लिखा तेरा ही नाम होगा।

Abhisikta Kumar

Abhisikta has always been an ardent reader and used to scribble verses and poems since her diary writing days. She aspires to become an author soon and she also takes a huge knack in Egyptian hieroglyphics; which she has been researching on it since a long time. Her passion has always been penning down her thoughts through some short stories or an article or a beautiful poem.

This is one of her work where it not only portrays the

Cry of A Sinless

Obeying your words, we've lost our innocence,
Obeying your words, have we lost our patience.
We have no life and no time for a little fun,
As, we're always trained to hold first a gun.

Years before did we lose the softness of our hands,
Since when we were taken away from our lands.
Poverty and greediness did sway our parents away,
Sold us at abargain rate, as no one could stop them in any way.

Tucked with bombs and fastened with guns…
do we certainly wreck the mobs,
Well, it's our fate, its our life, making terrorism our jobs!

Divyanshi Chalana

A person full of joy and happiness...
Lives to love

Dosti kya h?

Dosti ek Esa ehsaas h, jise jeene ke liye lgta alag hi andaaz h...

Ye vo ashiyana h, jaha sukoon milta hadd se zyada h...

Kehne ko to ye rishta hota bhot hi saaf h...

Jo smjh le uske liye bna zindagi, vrna bnamehaz ek mazak h...

Dosti me na unch neech, na jaat paat or na hi dekhte h kiski jeb kitni dam daar h...

Dekhte h to bs ek dusre ke liye dil me pyaar or samman h...

Dosti krna nhi h mushkil, nhi lgta Iske liye koi jugaad...

Ye to dil se dil ka connection h.... Bs hojata h yaar...

Ladai jhgde or gile shikwe kaha tk lejayenge ham saath...

Bhula kr in sab ko...

Jee lo apni dosti ke har lmhe ko fir ek baar...

Dost ki dosti ki kadar kiya kro yaaron...

Kya pta fir us dost se mulakaat naseeb me ho na ho...

Srishti Tiwari

Srishti Tiwari, MBA, a professional who has worked under Genepact for 2.5 years. A person with varied taste and interests. She has not confined herself to just her profession but has sought for something which has helped her in being more thoughtful and emotional, i.e penning down her thoughts in the form of poems which appeals to many. She possesses many collections and owns an anthology of her own creations which she got published way back. Currently she is working as a co-author of several anthologies .

पहला प्यार

मिल के तुमसे ना जाने क्यूँ अपना सा लगा
दुनिया की इस भीड़ मे कोई सपना सा लगा
वो दिन आज भी याद है जब पहली बार मिले थे
अजीब सा मौसम था दिल मे कयी फूल खिले थे
वो पहली छुअन आज भी याद है
वो दिल की धड़कन आज भी याद है
प्यार तो पहली नजर मे कर बैठे थे
उस दिन तुम अपने बन बैठे थे.......

तेरा नाम

दिल के पन्नों पे एक नाम लिखा था
वो पन्ना अब तक बेनाम रहा था
सोचा ना था इतने रंग भरे होंगे उन पन्नों पे
किस्मत ने पन्नों पे हर एक अरमान लिखा था....
कभी सोचा ही नहीं था कि तुम मिलोगे
दुनिया की हर खुशी से जीवन को भरोगे
किस्मत के पन्ने को ऐसे संजोए
हर बात बिन कहे ही यूँ समझोगे
आसान नहीं है इस दुनिया मे अकेला चलना
डोर थाम ले कोई तो हो जाता है हर सपना अपना
तुमने दामन थाम कर सीखा दिया है चलना
सौप दिया है हमने भी सारा जीवन अपना..

Shreya Dubey

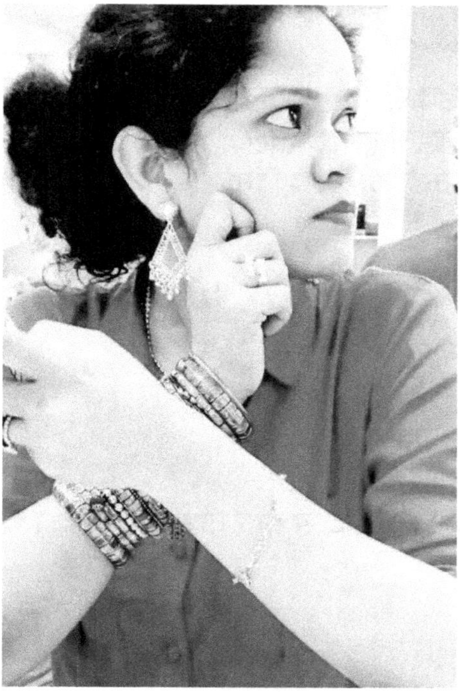

Shreya Dubey is an author, writer and an analyst by profession. Her writings are inspired from real life experiences and covers different segments, tranquility and storms of emotions.

Currently residing in Hyderabad for work and has native as Chhindwara, Madhya Pradesh.

Growing up she always dreamt of becoming a novelist and a creative writer.

Her interests are multifarious like her likes and dislikes.

शेर है मेरा दिल

शेर है मेरा दिल...

कितना कुछ सहकर, कितना कुछ सुनकर,
हँसता खेलता दोड़ता है मेरा दिल...
कई खूबसूरत, कई कड़वी भावनाओं को चखकर भी मुस्कुराता है मेरा दिल
शेर है मेरा दिल...

कभी किसी ने किया खेल,
तो कभी किसी ने किया तानों से झूठा प्यार
तो कभी हुआ उपहास,
कभी हुआ परायो सा व्यवहार,
फिर भी खामोशी का लिबास पहनकर, दिल में कर लिया किसी को याद,
जो कहता था,
शेर है मेरा दिल...

चुप रहकर ख़ुद से बातें करना सीख लिया...
ख़ुद को संभालना सीख लिया...
भला लड़ाईयों से कहा कोई अपना होता है...
मेरी मोन की मुस्कुराहट से कम से कम उनका दिल तो खुश होता है।

शेर है मेरा दिल...

Shobika Senthil

Shobika is a biotechnology student. Reading of books inspired her a lot which made her to write.

Love. Like. Hate.

I hate life because
I'm not rich,
I love life because
I'm not poor,
But I like to earn
and work even more harder!

I hate life because
my wife deserves a better life,
I love life because
she loves me more,
But I like to give her
a beautiful life!

I hate life because
I can't give my children a standard education,
I love life because
they understand my situation,
But I like to give them
a better education!

Being a Middle class is
not a problem,
Money isn't everything,
But still, it is not a
stable life,
Everyone receives what
they deserves!

Working hard matters
at the end,
The present maybe worst,

But the future will be the best,
Only the success is
getting delayed!

Shreya Shibdutta

Poems express the long kept emotions in the heart. From heartbreaks to heartwarming moments, it helps to bring out one's own self. And here is Shreya Shibdutta, who stepped into the world of poems with her first anthology Alfaaz. And still chasing thoughts and inking them.
@shreya_shibdutta @.scribblingthoughts.

Pearls of Heaven..

The silver coins
Of the heaven
Fell from white bags
Of treasure.

Falling on the
Green hands of
Mother earth
Making them sparkle
and richer with glaze

Pittar pattar it fell
On the roof
Calling out to all
People of the house

And as they listened to it
Calling out to all others
To sit out in veranda
And relish all the sweet recollection

And then comes the most awaited
Fritters and tea
Charging up all of their
Moods and memories.

The chit chat
And the rat-a-tat
Go hand in hand
Setting up the old set up
Of refreshment and reunions..

Travelling through them
It reaches the brown feet
And soaking into them
Making everywhere
Feel it's essence

The sweet smell of the
Wet brown land
Gives the signal of those heavenly drops
And every living being
Blooms with happiness

The dancing peacocks,
To the drenching people
All welcome the token of love of GOD
The Purest form of love- Rain

Rain is all the same.
To extroverts & introverts
It's either the downpour drenched
Or fritters fetched
All enjoy the nature's lovely gift

Giving good news
To the field men
And all the children
Of our Mother.
And then nature's
Most beautiful period began
...RAIN..

Anjali Soni

ANJALI SONI is a very passionate and ambitious folk. Formally! She is a postgraduate in Commerce.
Professionally! She is a Spoken English and Personality Development Trainer. Passionately! She is a SOUL WRITER not a formal or published writer but a writing enthusiast. She is working to create a style that matches her words and thoughts. She don't think and write rather she just write whatever she ponder about, anywhere at anytime. Basically, she pours her soul feelings into words and wish the readers to go deep beyond infinity to discern such

Life: A Mirage

Oh life!
I fall in your Mirage,
And love you in me.
Have a look at me,
Just once flawlessly.

Oh life!
Let me encage in the mirage of my own dream!
But, Just answer me!
Is dream a mirage?
How hard it must be,
To keep fighting for a dream!
When that dream is probably a mirage.

Oh life!
Je suis une fille!
Should I live with fantasies?
Or should I live in illusions?
As the world is full of delusions.

Oh life!
Your love is a mirage for me,
An oasis of my idle reverie,
Enshroud with it most.
Aah! It's an illusion tale from my memory lane.

Oh life!
You are a mirage ,
For my deserted soul,
Real or Fake!
Nevertheless, an utopia to survive.
It keeps my withered hope Alive.

Oh life!
You are really a Mirage and me!
The traveller!
Who is walking away from it,
And has planned my own place with my own to sit.

Oh life!
Let me encage in the mirage of my own design!
Let me encage in the mirage of my own world!

Pradeep Prabhu Mishra

Pradeep Mishra is a graduate in Bcom and seeking to become a writer.
Currently working as a Manager in Mumbai.
He likes to write poetry on the events around him

Kehne Se Koi Wafaadar Nahi Hota

Har koi hamare Mohhabat ka hakdaar nahi hota kehne se koi wafaadar nahi hota,
Aasu to sub bahate hai apne zarurat ke ley,
Har koi hamare aasu ka hakdaar nahi hota,
Dikhawa to sub karte hai zindage me apna hone ka,
Per har apna apna parivaar nahi hota

Ab To Apno Se Bhi Bacha Karo

Such kehta hu ab to apno se bhi Bach chala karo,
Har kesy to apna ham dard na kaha karo,
Yuh to ungleya uthte hai aksar gairo pe,
Me kehta hu apno ka bhi ithaas padha karo,
Keh dete hai ham apne dil ke baat apno se,
Apno ke bhi apne hote hai yeh bhi soch leya karo..

Karan Nishad

I'm Karan Nishad, 20 years old from Mumbai, I'm insearch of my existence in the world of poetry with a blank sheet of canvas in my head.

Thinking About You

Sitting in the study room
I am only thinking about you,
My heart is beating
Only for the day of meeting
Nothing else in my mind.
Since I am in Love with you
My attendance in the College,
and library
Visits are only for you.
I study in the study room.
Because of you.
My way to success goes on
Through you.
I am thinking about you.
Because my whole life
Depends on you.
When I remember you
I forget myself too....

Teen Life

Young as we are
Life provides opportunities
Temptations galore.
Youth excites us
To journey on pathways unknown.
Friendship, Love and Laughter Have importance of their own
Lust, Pre-marital, sex and booze
Leave you lost and forever forlorn
So, beware of things that come
Your way.
Be alert about things that make you stray
Young though we are we've got
The hold.
Temptations cannot make us sway When we are in good control.

(3)

The fairy tale loses ...
in the pages of the story,
life shows the dream,
the dream loses...
in the sleeping book.

Riddhi Gupta

Riddhi is a Delhi based poet who is currently a student. She is utterly enthusiastic as well as zealous about writing poems and considers writing as a medium to express her thoughts and emotions. She is immensely fond of writing poems on nature. Along with that she is also passionate about clicking picture that depict the beauty of our environment!

A Rose With Thorns

I ran breathlessly in haste,
Striving to escape from the dungeons I was put inside,
Scampering from the dark, veiled shadows,
Utterly frightened, I searched for a place to hide.

I was a new soul in this menacing world,
Brimful of monsters with diabolical intentions,
Yet with a slender smile, I believed it'll all be fine,
But the world is a marathon with no scope for rest,
And even the sky doesn't have space for a single star to shine.

With nowhere for young, innocent hearts to enshroud,
Trust no one, there are plenty of stabbers around,
A Shield fo rmed through our perseverance will now be our protection,
Let's fight back hard, before we swound.

I entered as a rose, delicate and beautiful,
But keep in mind, now I have thorns too,
I am attuned to the pain, so don't try to quash me now,
Because in the end, it'll hurt you!

I'll Come By

Perching in a colossal meadow,
Gazing at the millions of bewitching stars in the sky,
Surrounded by beautiful flowers of every colour,
Looking around, so as to catch a butterfly!

The dead silence so heavenly,
Feeling all over me, the mellow warm breeze,
Letting the nature calm me down,
As I praise the moonlight
Cascading through the trees.

At the sound of my alarm,
I wake up suddenly
Realising all this was just a dream, a lie,
Longing to escape from the shackles of the cities,
Mother Nature, I'll come by!

Chinni Likhitha

A passionate writer.

A Beautiful Letter From My Granny

It was my15th birthday, a letter from my granny made me the happiest
(Letter)
"Happy birthday my dear"
God bless u my child
I was also a charming girl like u
who Loves "story writing"
but never made any progress
as scared of opening up to world
Studied & started working
but wasn't happy
With courage, quit my job
worked on my dreams
zillion problems on the way
but never gave up
published my writings
Sadness flew away
leaving me the happiest
continued my job 4 savings &
story writing for my happiness.
So always remember
"It's not necessary to make
your hobby a source of income"
"It's OK to take a break from ur
routine to explore yourself"
This filled my heart with inspiration & eyes with tears
A return letter to her
Every wrinkle of u symbolizes your struggles and survival.
All in all, you are an enterprise by yourself.
I did met so many hearts, but none compared u.
You are an idol who I love, care, inspire
Lots of love to you granny.

Abirlal Mukhopadhyay

Abirlal Mukhopadhyay is an author and artist from West Bengal, India. Abirlal authored: The Cry From The Fire, The Living Corpses, Heart to Art, An Essential Book On Linguistics and Syntactical Fundamentals and other books.
His short stories include: The Fishmonger, The Ticket Collector, A Birthday Cake,Freak, etc.
Abirlal participated in a number of national and international exhibition of art. His fictions and poems have a close study of the human emotions. Their innermost desires are well expressed in some

Never

I never saw me in her eyes
Never!
I never found care in her paws
Whenever my blood got temperature
And mind hussar
I never found her
When my flesh got sick and bone marrow weak
I never got her hand combing my hair
Never!
Never did she love me!
I was nothing to her!

Lost Gained

I lost everyone here
Everyone I met when I was a child
Everyone when I became youth
I lost the girl who gave me chocolate once
The little sweet fairy, with her mother
Probably presuming me a beggar
I lost the mind which could make rhymes
I lost the voice which knew melodies
I lost the tongue which admired people
I lost everything, then, I found a dog
It assured to be mine.

I reminded how ugly my tongue was,
I told how unworthy my appearance was
I expressed my brutal anger, I kicked it
But it waited for me
Then I felt him in my arms
He assured to be mine
I got one thing, most valuable on earth
I got one faithful friend
I got a shoulder to die.

Rida E Haram Khan

Rida E Haram Khan is a seventeen-year-old weirdo with a touch of sass. She lives in Noida, Uttar Pradesh; and is currently in class 12, and would graduate in year 2021. She has keen interest in English language and wishes to study English literature professionally. You can reach out to her on her Instagram -ridaeharamkhan or you may email her at ridaeharamkhan@gmail.com

Skyline

I come by the countryside every night
Why do I sit here daily? Observe the skyline ever so gingerly?
People ask about my obsession with the skyline
'How can they be so blind, what's there not to like?'- I wonder
But how do I explain to them? They'll think I'm crazy
The creases at the horizon, remind me of your smile
Stars glisten above, like your eyes, with such everlasting beauty
Why do I sit here daily?
I wish there emerges a staircase, at the skyline
That could take me up, to heaven
So I could see u, once again, my child

Gone

I'll be gone
With the wind
And a thousand memories
I will take Away with me
All those hearts, I have broken
I shall beg, to forgive me
To end those feuds, I have started
And shall seek mercy
Dark and bright, each shade of life
We have come across
And all this time, you held me tight
And guided me, to the path, which was right
I have screamed at you, I have shouted at you
We had a million fights, but I still love you
But before we realise it, I'll be gone With the wind
And I know You'll miss me too
And the beautiful friendship, I had always cherished
Will come to an end too.

Yashika Bhasin

Yashika is a girl who is 17 years of age. She is from Dehradun. She is a student who is studying in class 12th.She is a girl with very strong likes and dislikes. Yashika is very passionate towards her work. Amidst a lot of her talents writing is one of them. She is a very good writer and her poetries are always heart touching.

Insaaniyat

Aakhir kyu hai ye desh batta-batta
Kyu hai Insaan ek dusre se khafakhafa?Kya paana hai aisa aur
kya kho dia hai aisa ji ske liye ye insaan hai gusse se bhara -
bhara
Kehate hain Bhagwan hai ek
Toh aakhir kyu nahi samajhta insaan ye lekh?
Dharam ki ladaai ladte ladte bhool gaya hai Insaan ki Bhagwan
ne banai thi dunya naahi dharam jaat
Dharam hai pehala insaaniyat
Aakhir kyu nahi samajhta insaan ye baat?
Hindu Muslim Sikh Isai kyu nahi bante BhaiBhai?Aakhir kyu
hai ye dharam ki ladai?kya isliye Bhagwan ne ye dunya banai?
Bhoolke saari jaat paat aakhir kyu nahi chalta Insaan saath -
saath?
Chal chod de ab mazhab ki ladaai aur sa waar de rab ne Jo
dunya banai
Chal kar dikha E-insaan kuch aisa ki Bhagwan bhi kahe
Waah Insaaniyat bhi Maine kya cheez banai!!

R. Amirtha Varshini

Amirtha varshini was born in Tirunelveli. She is a girl who is trying to make all her dreams come true. Writing is her passion. She loves spending time with books. In short, books are the world to her. She writes a lot about social issues. Her writings will be continued.

The Reality

We expected
Overwhelmed coins
True one for life
Soul with satisfaction.

But the reality is
Bundle of Brutus
Dozens of dilemma
Crack in a broken heart.

Do not search shoulder
When you earn and
When you lose
You gain more hurts

Mind and soul
Together at a point
Make the best mate
Which you search for long
You are the existence for your console
In this fiction.

A. Harini Ganga

Harini Ganga was born in Nellai and pursuing her college studies in Coimbatore. Writing is her habit, hobby, passion, and love from her childhood. Between reality and fantasy, she writes her thoughts. She loves to read historical novels.

Never Feel So Down

Your thoughts decide
Who you are.
Never let them eat you.

The hidden feelings are
Revealed through eyes.
Never punish you for someone's actions.

Make nature your companion
Refresh your mind.
Never be in the gloom.

Every moment matters
Miracles happen.
Never be barren hearted.

There's a way for sure
To overcome problems
Then Why do you
Want to die alive?

Believe
There's something beyond depression
That would colour your life.

Meena Garg

Meena is a Hindi poetess and a housemaker. She has a proficient Master's degree in Hindi. She has dedicated her long short life to her family but has now decided to pursue her passion , WRITING.

हमको भी करना होगा

मैं और मेरी दोस्त
दोनों में गहरी बनती थी
रहते थे हम दोनों
जैसे चांद चकोरी थी
एक दिन की बात है देखो
कॉलेज में जब पढ़ते थे
देखा एक नई दुल्हन को हमने
हम दोनों मुस्काए थे
काढ गज का घूंघट वह नारी
चली सड़क के किनारे थी
उसे देखकर हम दोनों
हंसे बिना न रह पाए थे
रुकी नहीं जब रोके हंसी
उसकी पायल की झंकार
दिल ने कहा हमारे
हंसना है मना खबरदार
हमें नहीं पता था कुछ भी
हमको भी करना होगा ....
लोग करेंगे हंसी हमारी ....
हमको भी करना होगा

मोबाइल

कच्ची मिट्टी के होते बच्चे
जैसा सिखाते वैसा बनते
मत दो मोबाइल इनके हाथ
हो जाएंगे कल खराब हालात
रेडिएसन इन से निकल रही है
आंखों पर असर डाल रही है
मांगते वह अपनों का साथ
कुछ समय बिताओ इनके साथ
घर पर कैरम व लुडो लाओ
बच्चों के साथ बच्चे बन जाओ
अपना फर्ज तुम आज निभाओ
शिक्षाप्रद कहानी उन्हें सुनाओ
बच्चों को तुम दयानंद बनाओ
बच्चों से मत करो खिलवाड़
इन्हें कुछ पता नहीं
तुम तो बनो समझदार
नहीं तो तुम फिर पछताओगे
डॉक्टर के चक्कर लगाओगे
लगेगी गुलकोज की शीशी व इंजेक्शन
कुछ ना तुम कर पाओगे..........

Dropadi Sahu

द्रौपदी साहू एक अच्छी शिक्षिका होने के साथ-साथ एक अच्छी कवयित्री भी हैं। इसके साथ -साथ चित्रकला और रंगोली में भी रुचि रखती हैं। द्रौपदी साहू भारत स्काउट एवं गाइड से जुड़ी हुई हैं, वह एक गाइडर हैं।

मन करता

मन करता सिपाही बन जाऊं,
आतंकियों को मार गिराऊं
वतन की रक्षा करते-करते,
मातृभूमि पर प्राण गंवाऊं।

मन करता डॉक्टर बन जाऊं,
लगन से सबका इलाज करूं।
सब रोगों की जांच करूं,
रोग मुक्त मैं राष्ट्र बनाऊं।

मन करता नेता बन जाऊं,
देश में अच्छी नीति लाऊं।
गद्दारों को सजा दिलाऊं
जनतंत्र को सशक्त बनाऊं,

मन करता किसान बन जाऊं,
खेतों में फसलें लहराऊं।
कठिन परिश्रम करके मैं,
सभी जनों की भूख मिटाऊं।

मन करता माली बन जाऊं,
फूल-पौधे और वृक्ष लगाऊं।
सारे प्रदूषण को दूर भगाऊं,
वातावरण को संतुलित बनाऊं।

मन करता जनसेवक बन जाऊं,
दीन-दुखी की मदद करूं।
असहायों का सहाय बनूँ
जीवन जीने की राह दिखाऊं

Nikita Pandey

She is a student. As a teenager, she loves to observe and explore new things and that she expresses in her write-ups.

Backbiters

We all know that one person in our life who is a "backbiter". To Be Honest we all get irritated, because that one person spreads rumours about our life or reveals some of our personal stuff to others.

So last night me and my dad had a conversation about this problem.

So, My Dad told me that firstly he doesn't see this as a problem he finds this very funny how one can waste their time talking and gossiping about someone else's life.

And secondly, He told me a very good fact that I would like to share with you all,

He told Me that These Defamers have only two types of person to whom they can talk bad about others.

First those who know you and second those who don't .

So, if they ll say anythi ng or spread any rumour about you to someone who knows you really, they are just wasting their time because that person knows you how you are and who you are, they are not going to judge you according to his or her perception.

And if they slander about yo u to someone who doesn't know you then that would be the stupidest thing they've done, because if someone doesn't know about you, they are not even going to judge you or if they ll judge you then who cares about them.

If Someone talks behind your back ab out you be thankful to them for hinting you that you are on the right track of your life because people who talk bad about you know that you are growing day by day and by defaming you, they try to smash you down. Please don't Let them do that.

Samir Parida

The ice with sprinkle of fire best describe, our soulful prince Samir Parida. He is a student with a craze of writing. a passionate writer who dreams to own a title of author someday. He is leading his dreams through the life in Bhubaneswar. Simple to the words letting his emotion in shape of writings. Waiting to be a inspiration one day.

Kuch Gujre Lamhe Ke Baatein

Kuch gujre the din
Kuch Gujre the raat
Unn dino ki hain yeh baat
Kismat ka yeh khel tha
Ya Khuda ka karishma
Woh mili mujhe jisse khoya tha
Par Naseeb ka yeh dhokha tha
Manzile bhi uski thi,
Raasta bhi uska tha,
Ek main akela tha,
Kafila bhi uska tha,
Saath-saath chalne ki soch bhi uski thi,
Fir raasta badalne ka faisla bhi uska tha.
Jeene ka hosla biik gaya tha
Bhul ne ki himmat bhi Khogaya tha
Yakeen tha tujhse
Fir bhi ki bewaffa mujhse

Those Memories Dust

The golden flickers
The setting sun
Raising rumours
Of the paving waves
Golden glitter on the sea's curl
With vintage that i had lost
Splashing shores
With the slashing blows

Moving steps
on the golden dust
Some stayed
And some were brushed

That dwelling silence
Took a frawling turn
The soothing blow
With some pacing thought
Of some memories dust
Fell me down
Making me lost

Days have passed out
Nights have moved on
Years have rolled with
The hidden love.

The memories drench up
Seeing the waves snerch
It's All heart's words
That still holds on.

Garvit Bhatnagar

Garvit Bhatnagar is a 16-year-old student who aims to be the next Robert frost. He cites to change the world through his words and actions and also wants to make this world a better place to live. Academically, he wants to become a certified and a well-known Ethical Hacker. He believes in dreaming in the day and completing them in the night. Feel free to text him on instagram @_callmedavos_.

Lend your Hand

Is the hemlock tree of any use?
But who am I to abuse;
The crow and the sparrow can never be friends,
Said the boy on his loose ends;
Clap Clap Clap said the boy on his lap,
Staring at the sparrow sleeping on the slap;
God can be your true friend,
If you are ready to lend;
Lend your hand to those in need,
Without any hesitation or any greed;

Dreams of the Sparrow

You are most likely to see on a bright Sunday,
A sparrow with a baby in the hallway;
Has nothing to do remains a bit quiet,
Other than the baby's diet;
The world is a lie everyone go by,
Some have their leftover apple pie;
The bird has nothing to do to,
No future no career to pursue;
The baby wants to fly let it go by,
Without having them as a joker for your baby to stop a cry;
Dreams of the sparrow are nothing but a bit small,
To have the baby protected in her shawl;
You are most likely to see on a bright Sunday,
A sparrow with a baby in the hallway;

A Fake Throne

You should've called him,
Had him sitting making lights dim;
What was the need to break him down,
Now is he roaming as a clown;
Nobody wants him nobody needs him,
You were the only one who could understand him;
Now you've left making him a theft;
He kills and kills and kills everybody,
Until the world is left with nobody;
You turned him into a stranger,
Making him a ranger;
Who drinks cold and feasts on bones,
Sitting alone on his Fake Throne;
You should've called him,
Had him sitting making lights dim.

S Rishiga

She has a passion for writing and also takes all opportunity as a stone to success. She is a upcoming doctor who also as a art of words in her mind. She can cure patients with medicines and your curiosity with unique skills of writing. She is Miss Rishiga

Lock down

Many faces were seen
Many masks were withdrawn
Many smiles were gone
Many confidences were upgraded - Although they were locked in dark
They found the happiness of light
In every minute
In different way

Lockdown Love

My heart searched everywhere - But
We two locked in fear
In different places - Although
We may not know
I know the presence
In the smell of air
Although I never met you
I have seen you in dreams
I am wondering everyday
What will be the feeling
The feeling of facing your love
May be not today - But
I will wait for the day
The day I can feel the heartbeat

Shock

Starting from the bus stop
I have no luck
From missing the bus
Then the interview
Then my most wanted carrier - But
Sudden change occur
I heard my heartbeat
I faced my luck
I fallen for my love
Everything changed
I got my carrier
I got my bus
The bus to see my love - But
I shocked to know
Its all my dream
In my maths period

Priyanka Jena

A true Delhiite at heart, Priyanka Jena is a 4th Year Law student at Symbiosis Law School, Pune. While she is an aspiring lawyer, she strongly Believes in "Art is an angle and fame is a devil. Fame will come and go but art will always remain within you, so be true to your art" as her defining quotes, and desires to become a lyricist and poet to convey her emotions and explore her creative side. She also loves to Dance and Sing. Always looking ahead for various opportunities to discover and explore herself,

Dost

Ek baar phir yaad aye hai woh dost,
Dekh kr woh purane post,
nam si gyi hai ajj palke,
chalo krte hai yeh wada milke,
bhulenge nahi woh pal,
joh guzare thee ka,l
break sei pehle lunch khana,
kisse yeh bhi kisi ko sunana,
dosto ka woh hath,
badmashiyo main sath,
chlte hai wapis usi waqt pa,r
kaid kar lenge isbar samhal kar,
dil ke karib who sarre lamhe,
joh chhut gaye hai kisi kone main,
Ek baar phir yaad aye hai woh dost,
Dekh kr woh purane post.

Khushiyo Ke Asmaan

Tera woh dard joh tha,
Ajj se mera hogya,
Mere iss khushiyo ke asmaan main,
Tu basera hogya.

Tune zindagi jeene ka matlab kuch,
Istarh se de diya,
Mere har gam main tune,
Ek gumm batne wala de diya.

Mana tu haton ki lakiro main nahi,
Iska matlab yeh nahi tu dil main nahi,
Mana tu pass hai par sath nahi,
Par pyaar main sab sath ho yeh mumkin toh nahi.

Tera woh dard joh tha,
Ajj se mera hogya,
Mere iss khushiyo ke asmaan main,
Tu basera hogya.

Yogita Pachauri

A bird.... want to explore the sky of desires and dreams. The writer's name is Yogita Pachauri. She goes by her pen name, magicalhand.She is currently pursuing B.Sc. B.Ed. from Banasthali University,Jaipur and hails from the Pink city , Jaipur . She is an avid reader and has a passion for writing . She loves to express herself and her views in the medium of her write-ups. She loves to write poems,essays and short stories in both English and Hindi language.

A Girl Who Cares About Everyone But Herself

Our generation is caught up with this notion
That not caring about anyone is so cool
But i request you girl to show your emotions to the fullest
Because the world around is just so fool

Don't be ashamed of having emotions
Don't let anyone ridicule you
You care about all so deeply
That what makes a different you

You're one who always give and give
Until you've nothing left
Some will say it's your weakness
But don't let them decide your fate

You're not reflection of those who don't love you
The way they treat you doesn't define who you're
And tell this yourself everyday over and over again
You're gold and they prefer silver that shows what they're

I know you feel guilty when you say someone no
And can't help them right away
But remember its absolutely okay to say no
Sometimes treat the people in their way

Hey girl please remember that you matter
Don't afraid to focus on yourself
You owe yourself same kind of love and patience
And you always have to keep yourself first

Remember that you're infinitely loved
When it doens't feel like it should be

Please remember dear
You can't feel other cups up
When your own cup is empty

Take care girl and keep shinning

Allthea

Allthea is a second -year undergraduate student at CMS and currently pursuing a degree in BBA. She loves to write and express her feelings through words. When she's not writing or reading you can find her spending time with family and friends. And she's a family -oriented girl and i s an only daughter to her parents.

Hope

She loves the night sky
full of stars and the moon.
In every night she sit by the window and she -
looks up to the stars and dreaming of him.
In every seconds her heart is falling for him.
And she loves him
like the sky loves the moon.
But he never loved her
And he never tried to know her love.
But her love for him never ended.
And still her eyes are hoping one day he will loves her and
looks at the stars together.

Rain

One fine day she wokes up.
she looks out the window.
The rain is raining everywhere.
And the raindrops are falling on her face and
touched her soul.
Those raindrops healed her pain and filled her heart with joy.
And she started loving her life again.

Karishma

Karishma is an IT Analyst by profession. She connects herself with the world with her poetries.

Secrets To The Grave

Hush….
Fingers sealed the lips.
Secrets are hidden beneath.
Between heart and mind
Can we say them aloud?
Few things can change our lives,
The same goes for these secrets.
It can change yours
And the people around you.
There is always this debate
Between the conscious mind
And the helpless heart.
Whom to listen to?
Then we decide
It's better to leave them behind
Hiding them in the trench
In your heart
To save you and the loved ones.
Hence, they become
Your secrets to the grave.

Geetmalini Sahu

Hailing from the Silver City of Cuttack, Odisha, Geetmalini Sahu is a passionate fiction writer. She has coauthored several anthologies. She aspires to churn out captivating content that would place her among the best selling novelists one day.

The Phone Call

“Hiiii Maa you had called?” Sanju said over the phone. "Sanju, how are you, my child? I have been trying to reach you since morning.” Anu replied from the other side. “Maa you know I am busy, I don’t sit idle all day” Sanju got irritated. “I know dear, but I miss you a lot. I had called Sunita, even she didn't receive my call. I know you all work hard day and night, but my heart yearns to hear your voice" Anu replied with tears in her eyes. “Maa it’s not possible to answer every time you call, we will call back when we are free” Sanju replied, maintaining his calm. "As you wish, dear" Anu replied with a heavy heart. “Okay Maa I will get back to you” Sanju replied, and he was about to disconnect the call. "Sanju, are you coming home for the winter vacations?” Anu asked in a curious tone. “Maa actually Adi is not keeping well these days. Moreover, I don’t think I can take any leave this year-end" Sanju said hesitantly. "Okay," Anu replied and immediately disconnected the call.

Anu got up and stood by the window. “What happened?” Anil came and placed his hands on her shoulder. “Sanju won’t come for the vacations” Anu was on the verge of tears. “Don’t be upset, honey. Let me talk to Sunita." Anil said, trying to cheer up Anu. Seventy -five-year-old Anil dialled Sunita’s number as Anu looked at him with hopeful eyes. Sunita didn’t answer the call. Anu turned her face towards the wa ll. “It’s alright Anu, Sunita must be busy. She will definitely call back” Anil said in a convincing tone. An hour passed but Sunita didn’t call back. Anu’s eyes were fixed on the clock, her arms resting on the cold metal desk. But there was no sign of Sunita’s call. After some time, Anil called out from the other room, “Anu, I'm hungry, let's eat." “Yeah coming” Anu got up hesitantly. Anu served food to Anil, then she fetched water for both of them. Just as Anu was about to sit, the phone rang. “It’s

Sunita" Anu nearly ran to fetch the phone. Anil smiled, seeing her excitement. Anu handed over the phone to Anil, and she was right, it was Sunita. "Paa you had called, actually I was in a meeting," Sunita said. "Yes dear, I had called I just wanted to hear yo ur voice. It's a long time since we have met" Anil said lovingly. "Yes Paa, but It's year-end and won't be able to come home. I have lots of pending work; moreover, Vishal will be out of the station. Paa I will talk to you later got to go now" Sunita hurri edly said and disconnected the call. Anil didn't get a chance to speak. Anu read Anil's face, and she understood everything.

After lunch, Anu was sitting in the balcony and continuously wiping her eyes. Anil could hear her soft sobs. He hated to see Anu in tears. "Hey, it's not the end of the world. I have an idea. You remember how we used to fool our parents when we used to be angry?" Anil gently shoved Anu's shoulder. "Father I hate him, I won't marry him, he is only fighting with me," Anu said in a rhyming tone and both of them burst out laughing. So gear up for "Mission Home Coming" Anil said cheerfully and Anu smiled.

Ramsiya L

Ramsiya Latheef is a passionate writer pursuing MSc Mathematics who loves to write and to explore as a writer. She shares her thoughts and feelings with words which are remarkable. She is a vivid thinker and vivid writer who writes from her own experiences of life. Whenever emotion pours down , she starts writing and her soul speaks with prolific words. Literally, it's a cool thing to be a writer. And ,she will be writing till her last breath.

What's Romantic?

"When a short girl tries her best to reach her man's forehead,

To give him a passionate forehead kiss by stretching her feet up and jumping..."

Fulgent...!

I wish we could live as the Moon
Though the moon has scars
Yet it shines vivider in the darkest of nights

//The scars make it more alluring.//

The Reminder Of Love

Late in the night
I started staring at the moon
The moon asked me,
"Why do you keep gazing at me..?"
I replied in a careworn tone,
"He might be staring at you as well
You are the reminder of our love
You hold our wonderful memories
Though we are miles apart
At least we are under the same sky
Yes, it's heart wrenching
Yet I love this pain
Gazing at you fills my heart with mellifluous music
Soothes my soul, reminds me of the beautiful times ever
You take me back to him - to us
to our memories - to my love.."

Akshay Meena

अक्षय मीना स्नातक छात्र है और लिखने में इनकी रुचि है। यह जयपुर, राजस्थान के रहने वाले है और इन्हें लिखने की प्रेरणा अपने शिक्षकों, बुजुर्गो और सनातन धर्म के बारे में पढ़ने से मिली है।

रावण की हक़ीक़त।

ना जाने कहाँ से यह सोच जन्मी
रावण को कहने लगे सब वीर,
ज्ञान अधूरा है इन लोगो का
चलाते है श्री राम पर संदेह के तीर,

सुन सकते हो तो सुनो तुम सब
वेदों का ज्ञानी था वो महादेव का भक्त,
अपनी पुत्रवधु का बलात्कारी था
ऋषि मुनियों का बहाता था सदैव रक्त,

तुम कहते हो बहन के लिए लड़ा वो
पर वो उसके पति का हत्यारा था,
चाहता था सब करें उसकी पूजा
उसे उसका अभिमान प्यारा था,

माता सीता को देख हो गया था मोहित
उठा लाया वो कायर उन्हें छल से,
श्री राम तो क्या अंगद का पैर भी वो
नहीं उठा सकता था अपने बल से,

तुम कहते हो उस बलात्कारी ने
भगवान शेष को ज्ञान दिया था,
ना सुनी उसने अपने बड़ो की
ना कभी पत्नी को मान दिया था,

अंत में प्रभु के हाथों
उसका अधर्म समाप्त हुआ,
लिया उसने श्री हरि का नाम

उसे मोक्ष प्राप्त हुआ,

आखिर में
राम चन्द्र कह गये सिया से
ऐसा कलयुग आयेगा,
श्री राम की मर्यादा भूलकर
पापी पापी के गुण गायेगा।

Samriddhi Singh

Samriddhi is an Engineer by profession and a
writer by passion. She really enjoys reading books and spending time with her friends.
Travelling and exploring new adventures are also included in her hobbies list.
She also intends to write her own book and become a successful writer one day.

Mysteriously Interesting

Hey dear stranger,
I know you are peculiar,
I know that you treat everyone differently,
I know you are sweet from inside but hard on the outside,
I know you are not what you look like.
You hide a lot of things, but your eyes aren't secretive to me nor are your words.
For the world you might be a mystery, but for me you are an entire book that I intend to write.
Your words though said less, still have a lot of meaning in it.
I just read it curiously each passing day t o know more about it.
One day I will discover everything, though silently yet too loud for you to know.

Hey dear stranger,
No matter where ever you go and whatever you do,
You will always remain my Mystery man.
How much ever you change in life, I will st ill remain your biggest fan.

Arshnoor

Arshnoor Kaur is c urrently studying in class 12 commerce field.
Writing is her passion and hobby it's her way to express feelings and things

(1)

मज़बूत कंधे जो कभी बोझ उठाते थे सारा
खुशी खुशी बनते थे सभी के जीने का सहारा
उन्हीं कन्धों को, सहारे के लिए तरसते देखा है
हाँ मैंने उन्हें बूढ़ा होते देखा है।
क्या लाऊँ, क्या चाहिए जो हमेशा यही पूछा करते थे
ख्वाहिशें सबकी पूरी करने में दिन रात जुटे रहते थे
अपनी आम सी ज़रूरतों के लिए, उन्हें मोहताज़ होते देखा है
हाँ मैंने उन्हें बूढ़ा होते देखा है।
खुशियाँ अपनी जो बच्चों की मुस्कुराहट में ढूंढा करते थे
रोते हुए चेहरे को हँसाने की हर कोशिश किया करते थे
उन्हीं मुस्कुराते चेहरे पर, आँसू की बूंदो को टपकते देखा है
हाँ मैंने उन्हें बूढ़ा होते देखा है।
हो दर्द का आलम या हो तकलीफ़ कितनी भी चाहे
हज़ारों तूफान समन्दर में चाहे क्यूं ना हो आए
लगाकर हर गम को सीने से, ज़िन्दादिली से जीते देखा है
हाँ मैंने उन्हें बूढ़ा होते देखा है।

(2)

वो मिलकर भी मिलने की ज़िद बार-बार करती है,
हाँ! वो लड़की मुझसे मोहब्बत बेशुमार करती है!
वो मान भी रखती है और वो सम्मान भी करती है,
हाँ! वो लड़की मेरे लिए अपनी हार भी करती है!
वो आह भी भरती है और वो राह भी तकती है,
हाँ! वो देर होने पर मेरा इंतजार भी करती है!
वो जान भी कहती है और वो परेशान भी करती
हाँ! वो बातों-बातों में इश्क का इज़हार भी करती है!
वो शिकायत भी करती है और वो हिदायत भी देती है,
हाँ! वो मुश्किलों से मेरी नौका पार भी करती है!!

Priyanka K. Tiwari

Priyanka had a poetic disposition from childhood on. Her first poem was published in a newspaper when she was 8. She has written many poems in English and Hindi, some of which appeared in local newspapers and magazines. A graduate in Biotechnology, she is currently associated with the field of HR- Organizational Psychology. Travelling, photography and reading are her passion s. She can be reached at - Instagram: @pri_at_insta

Love Gone Wrong

My heart is piercing with the same old pain
My pining to be yours all gone vain
And a smiling visage I can no longer feign
With all my hopes for myself down the drain
I'm struggling to just keep my demeanor sane
For living, without you, now feels like a bane!
In this relation I never did anything ever gain
So why can I not resist you again and again?
Were then those mere illusions, on which you let my happiness sustain?
How convenient was it, to crush a heart that loved you with no restrain?
From loving you, my stubborn heart still refuses to abstain;
My pride, meanwhile, earning my own contempt and disdain!
My existence resembles a moth on the flame slain
And destiny- a slave, bound by a cruel chain!

Homecoming

The answers you sought,
The healing
The completeness
All these years
Your Soul ached
You felt your Spirit disconnected
Suspended,
Just out of your reach
The fragments
Strewn within Sight
Bits of You lost
In those whom you thought you "Loved"
Your Calling begging to be heard
Muffled
By the cacophony of Voices
In your Head

It's time...
To sew shreds of your Destiny
Together

It's time...
To call your dissipated Powers
Back

It's time...
To claim your Soul
As your Own

It's time...
To return HOME!

Vijay Saini

नारी- त्याग की मूरत

सम्मान से सर अपना उठाने को उजला दामन खुद का बचाने को
वक्त कर रहा है पुकार झांसी की रानी बन जाने को
अगर कोई आंख उठाएं तो उसमें श्रद्धा और सम्मान हो
स्त्री है कोई वस्तु नहीं उसका भी प्रबुद्ध स्वाभिमान हो
नया जीवन देने वाली क्यों जीवन भर तड़पती है
आजादी से पंख फैलाने को क्यों हर पल तरसती है
क्यों बिसरा गए ममता की वह मूरत है
चेहरा है दिखावा दिल से तो हमेशा खूबसूरत है
हर रिश्ते को दिल से निभाती जीवन अपना न्योछावर कर जाती
सदा किए इसने त्याग और बलिदान बदले में कुछ ना पाती
यह तो है बस प्यार और भावना की भूखी
प्यार मिले तो खा लेगी चाहे रोटी रूखी सुखी
खुद रहकर भूखी, परिवार की भूख मिटाती है
करो आदर इसका यह अन्नपूर्णा कहलाती है

HVikass

नाम HVikas
गुरदासपुर जिले के एक शहर दीनानगर,
पंजाब में रहने वाले

ग्रैजुएट हैं और वकालत कर रहे हैं

ग़ज़ले सुनने का और पढ़ने का शौक रखते हैं
पसंदीदा शायर जौन एलिया हैं

ख्वाब

मैं अक्सर ख्वाब में
तुम से मिलता हूं

कभी तुम से बातें करते
मैं खुद को भूल जाता हूं

कभी तुम्हें गले लगा कर
अपना हर दर्द सुनाता हूं,
कभी तुम्हें गले लगा कर
मैं हर दुःख भूल जाता हूं

मैं अक्सर ख्वाब में
तुम से मिलता हूं

कभी तुझे हस्ते देख मैं
खुद हस लेता हूं,
कभी तुझे रोता देख
मैं खुद के आंसू
रोक नहीं पाता

मैं अक्सर ख्वाब में
तुम से मिलता हूं

पागल

हां मैं पागल हूं
क्योंकि मैं मुहब्बत करता हूं

इस संसार में हर वो शख्स
पागल हैं जो दूसरों की
परवाह करता हैं

मुहब्बत करने वाला हर
आदमी पागल हैं
कयोंकि वह खुद से ज्यादा
दूसरे के बारे सोचता हैं

मैं खुश हूं, मैं पागल हूं
कयोंकि मेरे पागलपन की
वजह तुम हो

Lavanya Bhambure

Lavanya Bhambure is a poet and author, who has a published novel, Charms Spell under her name. She enjoys music and holds a few certifications for the same. In addition to this, she has a keen interest towards sciences, her current fidd of study. Her book is an amalgam of science fiction, paranormality and mysticism appealing to the intellectual youth.

Mind

It's a rather amusing place
The place that I like to call my mind
There are many nooks and corners there
A door behind a door
There's a wall full of paintings
Much better than what I could ever think to duplicate
With multiple names scrawled underneath
There's this huge shelf around the corner somewhere
Stalked with books that have their spines facing backwards
There's another room full of cabinets
Organised by date and time
But I may have misplaced a few keys under a couch or two
There's this large screen that loves to show me
All the things that I wish that I could forget
A mirror mocks me every time I look at it
Unfortunately someone gave the reflection a mike
Who? A question that I seem to ask around
But only the reflection answers me back
There are a few chests lying around the floor
Just straight up in the middle
Some even seem to have heavy chains wrapped snug
It's rather strange to find this disorganised mess
Haven't I spent enough time organising and re arranging everything around me?
There are these numbers that keep popping up everywhere
The same ones that I once saw on the scale, I think
A rumble echoes around the entire place
But wait, was that me or was that you?
Didn't the numbers seem a little too bright to you for a second there
At nights when the screen seems to be too loud
I like to think of pushing everything to the corners

There are these rods that I use the ones stacked up high in the corner
They help me stick these pieces out
Leave it all in darkness
Just for a tiny bit though
I seem to smile widely as the door opened with a snap
I'll meet you again
The scripted bubbly text on the screen blinked
Though the sounds just increased in size the moment the door closed behind
A very amusing place indeed.

Himanshi

'Poetry for me is like an escape and a way to express even those littlest of moments'
A young poet who loves flowers and sweet caffeined coffee around a bookshop.
Daffodils and peach cream roses, high ceilinged rooms lined with shelves of books amazes her.
A mix of hopeless romantic and a realistic enthusiasfor words and love.

Toxic Island

Silver grey was the noon
That day, all I saw was your loon
The lights flickering
From the moon shell of the river,
Where our eyes once met

Your heart, a lake
Of demons and dreams
Of miseries and mysteries
You never let anyone swim in
Keeping the plate of all the fish to yourself
You didn't even let me eat
And gulped all the poison.
Why? I don't know.
The sun began to deep drown then
And the river seemed to shiver
All I addressed was the quiver in my spinner
I travelled miles through the roads of your veins
And landed in your island
Others saw all empty there
But I could see some summer

A mountain behind
With snow on its mind
I roamed the streets of your forgotten land
And found many rings made of wings
Of silver dust and glowed glory
Dreading, dreaming and discovering
Some gruesome steamers
And mind blogged stoners
To block thy path of momentary gleam
A ragged sack of fish

And some gluey sniffled love

Some glimy edges,
Smoke filled waters,
Weeds squirrelling all over the mind
And the greedy choppers
All causing a macabre on my way to the knee-dusk

Yet I saw the sun
From the deepest ocean trenches
Clutching my heart close to my grave
I dived and dived
Without a sniffle
Eventually I survived.

Ritesh Bagul

Ritesh Bagul is a Freelance Software Developer, Author and student of Computer Science. writing is my passion. Ritesh enjoys trying new places to visit and meet new people.

Stupid....Stupid

It says When you start fearing in love, the end of your love is so very close..
the same thing happened with me
And I was being afraid of love for you, fear of losing you, fear of living without you, fear of being alone again ...!!!

And finally, it came true we had to reach at the end without any excuses
But still i m waiting here for you.....
trying to move on my track as you moved suddenly but i can't move.
I think i m really that one whom You used to call STUPID...

Life

Life has become so colourless
Now it has become a war which is fightless

Life has become the track of runners which is full of sorrows,

Nothing could be win by losing everything It all seems waste now.
The only one question that is saved in this world of my life is that
 Is this a life, life?
Or is there a repositary of sorrows?

Smile

Your smile is so beautiful it looks like water flowing at the slow pace and singing a song like the stream of dawn
Charming auspicious adorable
I often think that love is like this... every single word in that song is like…
the most tender feeling of love…
as the love has grown on a tree.

Parth Soni

Hard worker likes photography and writing is my passion

मे भी तुझ से प्यार करता हूं

बिछड़े हुए तो वर्षों हो गए पर आज भी तेरा चेहरा मेरी आंखो में बसता है
तू माने या ना माने पर में आज भी तुझसे प्यार करता हूं
ऐसा नहीं है कि मोहब्बत की राह पर कोई साथी मिला नहीं
पर जैसा सोचा था हमने वेसा तेरे जैसा कोई मिला नहीं
एसा नहीं है कि ७ साल हम तुम्हारे लिए तड़पे नहीं
पर ऐसी कोई site नहीं जहां हमने तुम्हे ढूंढा नहीं
माना हमने कोई तो होगी वजह जो तुम दोस्ती से आगे बढ़ नहीं पाई
और हमारी मोहब्बत अधूरी रही मुकम्मल हो नहीं पाई
माना ७ साल तक एक तरफा रही मोहब्बत मेरी मुकम्मल ना हुई
अरे मेरी जान तुमसे ज्यादा मोहब्बत हमें किसी और से नहीं हुई
७ साल के बाद भी तुझसे बात करने को तुझे देखने को में तड़पता हू
हा में आज भी तुझसे प्यार करता हूं ।

वो रूठ गई

धड़कन रुक गई सांस अटक गई अरे जिंदगी लटक गई
जब तुमने कहा में आप से रूठ गई
हम भी डूबे सोच में क्या हुआ जो मेरी सखी मुझसे रूठ गई
जिसकी सूरत है चांद सी वो आज गुब्बारे सी हो गई
मनाना उसे पड़ता है मुझे भारी
क्युकी वो मानती तभी है जब मिले उसे चॉकलेट्स ढेर सारी
पर मनाना तो पड़ेगा क्युकी वो मोहब्बत है हमारी
और उसके बिना जिंदगी अधूरी है हमारी
उसका उदास चेहरा में देख नहीं पाता
बस इसीलिए चॉकलेट्स में लेके हूं जाता
किसी और का छोड़ो वो चॉकलेट मेरे साथ भी शेयर करती नहीं
और मना करो चॉकलेट खाने का तो मेरी बात वो सुनती नहीं

वक्त

पास हो तुम मेरे पर शायद साथ नहीं
खास हो तुम मेरे लिए पर शायद मे तुम्हारे लिए नहीं
देखो ना जिंदगी की जिम्मेदारी
और नौकरी के चलते बिखर सा गया हूं
दिखता हूं बाहर से पहाड़ जैसा मजबूत
पर अंदर से कहीं टूट सा गया हूं
पूरा दिन बीतता है नौकरी की चिंता में
तुम्हारे लिए वक्त नहीं मेरे पास
12 घंटे की नौकरी है मेरी बस ये समझ लो के
जीने के लिए जिंदगी ही नहीं मेरे पास
बैठो ना मेरे पास के आज दिल की बात करनी है
मेरी जिंदगी की दास्तां और कितनी मोहब्बत है तुमसे ये बात बतानी है
चलते चलते इन जिंदगी की राहों पर थोड़ा थक सा गया हूं
मै सही हूं ये लोगो को समझाते समझाते थोड़ा पक सा गया हूं
पर ये दोगली दुनिया इन बातो को सच नहीं मानती
पर हारना मैने सीखा नहीं ये बात दुनिया नहीं जानती
दिल भर आया है मेरा इसीलिए उदास बैठा हूं
माफ़ करना मेरी जान पर में शराब पी के बैठा हूं
शायद मेरी है गलती जो तुम मेरे पास हो पर साथ नहीं
क्युकी नौकरी के चक्कर में मैने तुम्हारे लिए वक्त निकाला नहीं
पर अब से हफ्ते की एक छुट्टी में तुम्हारे साथ बिताऊंगा
बेशुमार मोहब्बत है तुमसे ये हर रोज जताऊंगा
हा मोहब्बत हो , मेरी हिम्मत हो , जान हो तुम मेरी
बस वादा करो के कभी ना बनोगी तुम कमजोरी मेरी
अगर होगा हाथों में हाथ तुम्हारा तो ये सारी दुनिया से लड़ जाऊंगा
अगर नहीं होगा साथ तुम्हारा तो मे खुद से ही हार जाऊंगा
अगर दिखा तुम्हारी आंख मे आंसू तो उसकी वजह को जड़ से मिटा दूंगा
अगर ना रहा साथ तुम्हारा तो खुदा कसम में जीना छोड़ दूंगा

Arnab Dasgupta

Arnab Dasgupta, MBA & an IT professionalworking for ITES Sales and Account Management Team.
A person with varied emotions running in his heart and mind. His words can show what emotions he has. He has a habit of penning down his thoughts, & currently discovering, exploring a hidden writer in himself. His writing and photography skills were published in several magazines, and he is also a co-author of several anthologies.
Insta @imarnab_dg arnab-dasgupta@hotmail.com

A Blood-Stained Diaper

Mom used to hold me softly,
Dad carefully touched me.
So delicate was my body,
I was just a three months old baby...

I had worn no short dress,
No one have i tried to impress.
Neither was i out too late,
Nor did i go on any blind date.

Smiling at the rotating rattle,
I loved to lie in my cradle.
My sister used to jump & clap,
To see me laugh and hear me giggle.

My diapers were not soiled
Neither were they too wet,
They were taken off still
I did'nt know, who did that.

I had only milk, no other food
My frock seemed dark red hued,
I did not jump or play in dirt.
My legs cramped; thighs also hurt

They all pitied me as i was molested,
So many times, i was medically tested.
My body was drenched in injuries,
Doctors too did multiple surgeries.

For everyone else, it's a matter of past,
My wounds have healed, scars shall last.
I live now ,with this strong inner belief,
Only death can place my soul on the ice of relief.

शोषण

रूह तक नहीं कापती उनकी इतना दर्द जब वो देते हैं,
सरे आम बजार में नारी की इज़्ज़त को यूँ रौंद देते हैं,
एक न सुनते किसी की, अंहकार में होकर वो इतनी चोट देते हैं,
जो मेरी न हुई तो किसी की न होगी ये बात बार बार कहते हैं,
बस यही सोच उनकी नारी के जिस्म को खरोंच देते हैं,
रूह तक नहीं कापती उनकी इतना दर्द जब वो देते हैं॥

A Healing Potion

Absorbed in my deepest thoughts,
Untying each of my imaginations' knots,
I wondered if love is a boon or bane,
Whether its a medicine to cure or pain.

Musing about life in my leisure hours,
I discerned, the heart with cuts & scars,
Is purely the gift of expectations of ours,
A healing potion is love, holds divine powers.

If love was a torment too difficult to bear,
No being of the mortal world would ever dare,
Godsend it is for, who dwell ,in the Earthen nest ,
A myriad face it owns, each one, better than the best.

Poison of betrayal renders the life bitter,
Despondency erroneously portray it as a sin,
It waters the buds of hearts that wither,
An ethereal kiss to the gloomy Earthlings.

Enlivens the path of life, forges bond since birth,
The cologne of love dulcifies heaven and purifies the Earth,
Of feelings that dwell in mortal hearts, love is an embellishing crown,
It is just a pure emotion; we build notions if its right or wrong.

Pramod Solankar

एम.ए(हिंदी),लेखक,शायर.

मौत का साया

आज वीर का नौकरी का पहला दिन था.आज उसकी माँ राधा जो माँ दुर्गा की भक्त थी उसने अपने बेटे के लिये बडे प्यार से गाजर का हलवा बनाया था.हलवा खाकर वीर अपनी माँ के पैर पडकर नौकरी के लिये निकल पडा.आज सुबह से वीर की माँ राधा को कुछ ठीक महसुर नहीं हो रहा था,मौसम भी खराब था.रात से घर के सामनेवाले पेड पर एक कौआ चिखे ही जा रहा था,जैसे तैसे राधा ने उसे वहाँ से हटा दिया.घर में आकर देखा तो दूध फट चुका था, कुछ आहट पाकर देखा तो उसने देखा की एक काली बिल्ली ने टेबल पर रखे वीर के शर्ट को कुतर दिया, राधा ने बिल्ली को भगा दिया, ऐसा की कुछ ना कुछ हो रहा था रात से.राधा का मन अशांत हो चूका था,उसे वीर की चिंता खाने लगी थी, बाद में उसे याद आया के आज अमावस भी हैं तब वह और भी चिंता में पड गयी.यहाँ वीर नौकरी के पहले दिन ही सीनियर ने समझा दिया और एक ऐसी हिदायत दि के वीर का मन जोरो से धडकने लगा, अभय ने उसे कहाँ के दिन हो चाहे रात चौथे माले के आखरी कमरे में कभी भी मत जाना चाहे कुछ भी हो जाये उपर मत जाना लिफ्ट का उपयोग ना करना बार बार यह बात दोहराता अभय वहाँ से चला गया.लंच के वक्त एक-दो सहकर्मचारीयों से उसकी मुलाकात हूई, उनमें उसे रुची पसंद आ गयी दोनों ही एकदूसरे की कंपनी से खुश हो रहे थे.बातो बातो में वीर ने रुची से उस चौथे माले का रहस्य पुछ लिया, रुची हडबडाकर वहाँ जल्दी चली, यही सवाल उसने घर जाते वक्त सिक्युरिटीवाले से भी पुछा लेकिन उसने भी कोई जवाब नहीं दिया.इन सब बातो को सोचते सोचते वह घर चला गया.घर आते ही उसको अपनी माँ को सारी बात बतानी थी, उसने आवाज लगाई 'माँ कहा हो मैं आ गया', किचन से ही राधा ने कहा 'हाथ-मुँह धो ले बेटा पूजा करनी हैं.ये माँ-बेटे की पुरानी आदत थी राधा वीर के बचपन से उसे साथ लेकर संध्या समय माँ दुर्गा की पूजा याने सप्तशती का पाठ किया करती थी,इसी कारन वह पाठ वीर के जबान पर चढ चूका था.पूजा के वाद राधा पे उसके

नौकरी के पहले दिन के बारे में पुछा, तो वीर ने सारी बात बतायी खास वो चौथे माले वाली.ये बात सूनकर राधा थोडी डर गयी और उसे हिदायत देने लगी के वह उस माले पर कभी ना जाये,वीर अपनी माँ की बात टाल ना सका.दुसरे दिन वीर ऑफिस चला गया लेकिन घर में राधा का जी घबराया हुआ था.उसे वीर की चिंता खाने लगी थी.ऐसे ही एक महिना गुजर गया था.शनिवारी का दिन था वीर ऑफिस में कुछ ज्यादा काम होने के कारन रुका हुआ था.एक एक करके उसके सारे सहकर्मचारी घर चले गये.रात के करिब १०:३० हो गये थे.सिक्युरिटी वाले ने आकर वीर से पुछा के 'सर आपक काम कब खत्म होगा मुझे घर जाना हैं', 'तो उसने कहा अरे भय्या आप चले जाईये घर मुझे बहोत काम हैं' ये बात सूनकर सिक्युरिटीवाला वहा से चला गया.कुछ आधे घंटे बाद याने ११ बजे उसे चाय की तलब होने लगी तो वो उठकर ऑफिस के कॉरिडॉर में चाय की मशीन के पास खडा हो गया और कप लेकर मशीन बटन दबा दिया लेकिन चाय के बजाय उसने में से खून निकला,वीर ने वही कप फेक कर पिछे हो गया.वो उस मशीन को देख ही रहा था तभी मशीन जोर जोर आवाज करने लगी और एक बार हवा में उडकर नीचे एक जोरदार आवाज के साथ गिर गयी.इस हादसे से तो वीर ज्यादा ही डर गया और जो गलती उसे

Ashutosh Mishra

Writer and Poet in making

चलो ऐसा कर लें

चलो ऐसा कर लें
अपने किरदार बदल लेते हैं
मैं .. तुम हो जाता हूँ
और तुम ..... मैं बन जाओ

अब ऐसा करते हैं कि
मैं तुम्हारे दिन का पहला
ख़याल बन जाता हूँ ..
चलो इस दफ़ा
मैं तुम्हारे ख़्वाब में आता हूँ
चुपके से तुम्हारे कानों में
कुछ कह जाता हूँ
तुम्हारे सूनेपन को
चलो मैं थोड़ा महका जाता हूँ
चलो इस दफ़ा मैं तुम्हारी
मुस्कुराहट का राज़ बन जाता हूँ

तो क्योंकि अब तुम ,
तुम नहीं .... मैं हो गई हो
तो ऐसा करो
अब तुम ,
मेरे पीछे-पीछे आना
मुझे देख कर तुम
थोड़ा घबरा सा जाना

फिर मुझे तुम बस
एक टक निहारे जाना
मैं जब देखूँ तुम्हें

तो इस दफ़ा तुम
मुझसे नज़रे चुराना ,
चलो इस दफ़ा
तुम मुझसे मेरा नाम पूछना
तो इस दफ़ा पहली पहल
तुम अपनी तरफ़ से करना

तो इस तरह आओ
हम एक दूसरे का किरदार जी लें
चलो ऐसा कर लें

Anil Kumar Prajapati

By profession he is a teacher, he has received awards for teaching work, he is a thought -provoking writer, along with play writer, director and honored in the field of drama, he has attended national level workshop as well as seminar with international professors and tutees. He is social worker too.

इश्क़

इश्क़ की बस इतनी सी कहानी है
आँखों से शुरू और रूह तक उतर जानी है
किसी की रात काली तो किसी की शाम सुहानि है
इश्क़ की बस इतनी सी कहनी है ।

कहीं एक दिल दूसरे दिल की जज़्बात बायाँ कर जाती है तो,
कहीं दिलों - दिलों के बीच फ़ासलें बना जाती है
कहीं किसी की राह देखता कोई हमराहि है तो,
कहीं किसी की राह में तन्हाई ही तन्हाई है
इश्क़ की बस इतनी सी कहानी है ।

कहीं किसी की आई चाँदनी वाली रात तो,
कहीं किसी को अमावस्या सी काली रात बितानी है
कहीं किसी को जिस्मों की भूख मिटानी तो,
कहीं इसमें शर्मो हया की रवानी भी है
इश्क़ की बस इतनी सी कहानी है ।

संस्कारों से जोड़ती कहीं रश्में निभानी तो,
कहीं माँ - बाप से बग़ावत कर टकरानी भी है
कहीं '*I can't live without you*' की क़समें खानी तो,
कहीं हाथों की नसें काट प्यार भी जतानी है
हाँ इश्क़ की बस इतनी सी कहानी है ।

Sana Fazia

Ms. Sana Fazia is a modern poetess. She's a passionate writer and her themes are based on love, heartbreak, friendship, racism, spirituality, animals, lament, happiness, world, feelings, family etc. Her Father and her pet animal is the actual reason to become a poetess.
She's a studious person and her writings have won awards that was conducted on instagram. She is from Bangalore and is pursuing her B.Sc in Bioinformatics at Reva University one of the reputed universities in India.

Queen Elite - Part 1

Happiness is the one thing,
the queens can really never have.
They deserve the true love,
but betrayal doesn't leave them.
Some kings just want them,
for acquiring the thrones.
A queen is a queen,
whether she has a king or not.
Betrayal shouldn't weaken her,
she must betray the betrayal.
She mustn't fall on her knees,
just because she is helpless.
She deserves to rule,
because she is the queen.

Queen Elite - Part 2

Beside her king's grave,
She chose to remain brave.
Not the mad queen,
She is the sad queen.
She chose to be silent,
When the world against her was violent.
When subjects turned out to be disloyal,
Her pure soul remained loyal.
She kept on fighting,
With a struggle of breathing.
Her will power is alive,
Which will never let her thrive.
She saved her kingdom,
With her wit of wisdom.

Being A Daughter

This world is very merciless,
Her sorrows are considered excuses.
Her faded views, her sorrowful heart and her dried up tears,
Are like the glass which is broken from years.
Even now when she cries,
Every tear of her dries.
Her tears feel the burning pain ,
When the era makes her feel vain.
In this stage of life,
Has the world brought her to.

Lovi Singh

Lovi Singh is from Uttar Pradesh currently serving as the Assistant Professor in Invertis University, Bareilly
For her poetry is not just another form of art but an inseparable part of her life. Do everything with the same level of passion or don't it ,is the motto of her life.

तुम कब तक मुझको रोकोगे

मैं खुले गगन की चिड़िया हूँ,
पंख पसार उड़ जाऊंगी।
तुम कब तक मुझको रोकोगे,
आखिर तुम कब तक रोकोगे।

कोई शीशा नहीं हूँ मैं
जो ठेस लगने पर बिखर जाऊंगी,
लाख चोटें खाने पर भी मैं यूँ ही मुस्कुराउंगी,
तुम और कितने इम्तहान
मेरी जिंदगी से अब लोगे
मैं एक दिन जीत जाऊंगी.....
तुम कब तक मुझको रोकोगे...
अखिर तुम कब तक रोकोगे।

स्त्री होने पर कोई पाप नहीं किया मैंने,
जो घूँघट में छिप जाऊंगी
अस्तित्व है मेरा भी,मैं भी अपनी पहचान बनाऊंगी
ये धर्म-जाति के बंधन में
तुम कब तक मुझको झोंकोगे
मैं नया समाज बनाऊंगी...
तुम कब तक मुझको रोकोगे....
आखिर तुम कब तक रोकोगे।

तपते सहरा में मैं साया बन जाऊंगी,
राहों के अंधेरे का मैं उजाला बन जाऊंगी,
बहन,बेटी,पत्नी,माँ स्त्री का हर रूप मैं निभाउंगी
फिर भी अगर तुम पुरुषत्व मुझ पर थोपोगे
तो नारी सशक्तिकरण की मैं मिसाल बन जाऊंगी...

तुम कब तक मुझको रोकोगे...
आखिर तुम कब तक रोकोगे।

मैं खुले गगन की चिड़िया हूँ
पंख पसार उड़ जाऊंगी.....
तुम कब तक मुझको रोकोगे,
तुम कब तक मुझको रोकोगे...
आखिर तुम कब तक रोकोगे।

Atal Swathi Patra

She is Atal Swathi Patra , resides in Khordha, Odisha. Currently pursuing her B.Sc Chemistry honours at Ravenshaw university, Cuttack, Odisha. A literary dilettante having a burning desire to pen down her emotions, related by chillads.

Colours Of Life

Filled with many shades of colour
a perfect blend of emotions to shower
with benisons and whims it's rife
to epitomize these: it's life.

Day and night of exertion are countless
to make it luxurious people become restless.
Yet, no one can attempt to brieve
B'coz it's life and people need to strive.

Your role is like a goalkeeper
an example to understand better,
no one counts the no. of balls catched
but everyone counts the ones missed.

Balls here are good acts
from where godsend starts
the moment you refrain from them
your back counting begins then.

To expect is to get hurt,
To revenge is to dirt.
To repent is to get healed,
To reciprocate is to get dwelled.

To believe in something puts you at stake,
as the world around you seems to a fake.
To live upto the society leaves you in bewilderment,
finding your own way to life hurts their sentiment.

Smile is the best weapon

to hide your innervations often.
Dare to be a burning star,
Let not the dextrous you hidden like a face scar.

To live, to exist is a layman's job,
you must not always follow the mob.
Leave transmogrifying yourself for others to praise,
be the pristine you always and anyways.

Start inverting, start dreaming
because you are meant to be befitting.
Put aside your devouring worries
Start spreading your galactic glories.

Unleash the untrapped potential in you,
Unmould the inner you.
Sweven for a brighter tomorrow,
Let the richness of your thoughts grow.

Mahadevan Kannan

Mahadevan Kannan, a young teenager writer is a small poet who writes poems in almost many fields. He isn't a very popular poet but is slowly developing. His poems contain a moral most of the times. His writi ngs are primarily Hindi followed by English. He also writes short stories but rarely.

क्या यही खुशी है मेरी?

क्या ये चोकलेट और टोफी
या दिन की दो चाय या का◌ॅफी,
क्या यह नये जूतों कि जोडी
या दोस्तों से बातें थोड़ी थोड़ी
क्या ये आठ घंटे कि निद्रा ही
या योगा कि अनेक मुद्रा ही
क्या यह माता पिता का साथ ही
या स्वजनों का कंधे पर हाथ ही
क्या मूवी, मोबाइल या गाने ही
या परीक्षा में सर्वोत्तम अंक पाने ही
क्या अच्छा घर या जीवन भर धन
कोई आभूषण या कीमती रतन
क्या यही है सचमे सुख हमारा
क्या बस बाहर ही सुख है सारा
सुख तो अंतर पर है निर्भर
तो बाहर कोई भी विषय हासिल कर
सुख सदा अंतर मन से उठता है
तो सबका मूल्य देखें तो एक सा है
सब नज़रिए से ही अधिक या कम है
अंदर से है, तो मुस्कान वरना आंखे नम है|

बचपन की स्वर्णिम क्षण

वो 11-10 बजे तक जगना
जगते ही खेलने दौड जाना
नाश्ता लन्च के टाइम पर खाना
खाने के बाद ठंडे जल में नहाना
फिर एक बजे को स्कूल जाना
दोस्तों के डब्बे से खाना
भागते भागते वापस आना
वापस आकर मां को सब बताना
फिर हाथ मूं धोकर दूध पीना
वापस खेलने दौड जाना
वापस आकर गृहकार्य बेमन से करना
फिर चैन से भोजन और सोना

कहाँ गए वो प्यारे से दिन
अब कहाँ है वो आनंदीत मुख
जीवन हो गया प्रश्नचिन्ह
सुख तो नहीं है, ना ही दुःख ...

Sushobhan Warkade

Sushobhan is like a book. Don't judge him just by its cover, it might not sound interesting to adventurers but his content is widely interesting like you're reading a fictional series. He is very passionate about writing and is looking forward to publish his novel in the future.

यादों के पिटारे से

ज़िन्दगी के फलसफे , यादों का पिटारा
जो संजों कर रखे, अब गिना रहा हूं
जो साथ रहकर लम्हे गुजरे थे हमने
अब लिख - लिख कर उन्हें मिटा रहा हूं !

तेरी उन यादों से
बस, उभर इतना पाया हूं
जब - जब फोन वाइब्रेट किया
तब - तब मैं मुस्कराया हूं !

वो समय भी कितना सही था
जब
सौ बड़ा है या हज़ार
पता ही नहीं था !

अच्छे लोगों कि
 एक बात बताते हैं
"फिर मिलने के लिए"
वो खो जाते है !

पर तुम चले गए

चांद अपने घर में पूरा
फिर भी दिखे क्यों अधूरा?
चांद सी तुम्हारी अहमियत भी
पर तुम चले गए!
जल तो है एक मूक वस्तु
पर क्यों है नदियां कल-कल करती ?
बस यही स्वर सुनना था
पर तुम चले गए !

सावन की हुई पहली वर्षा
सतरंगी इन्द्रधनुष क्यों है दिख रहा?
इन्हीं रंगों से मिलना था
पर तुम चले गए!
पथ सीधा सरल सा प्रतीत
नयन मंज़िल क्यों फिर भी तरसे?
यही सिलवटें मिटाना था
पर तुम चले गए!

दुनिया एक चार दिशाएं है
पूरब से आए, पश्चिम में ढल जाए क्यों?
वहीं उगता सूरज दिखाना था
पर तुम चले गए !
ना दोष किसी को है अब देना
पंख लगे उन सपनों का क्या?
ज्यों परख लिया मन रुक जाना था
पर तुम चले गए!

Manisha Suthar

She is Manisha Suthar. She is 28 year old. She is from Dungarpur district of Rajasthan state. She has completed her graduation in library and information science and masters in english literature. She loves to write , dance, draw and do craft work.

You Promised Me

You promised me that
you will love me forever
Nothing can keep us apart
We will be always together

I still remember that
We used to talk for many hours
There is lot of fun and love
And the all time is only ours

But you left me alone
You gave me a lot of pain
I can't show this to anyone
So I used to cry in rain

I remember the day on which
You kissed on my forehead and said
You will be back in sometime
But after that I found you dead

You have gone to an unknown place
Where I can't come to find you
I can't msg you can't tell you
That after you how much I miss you

Daily I pray to God and I wish that
You will come back again
You can't leave me like this
I cried a lot but all in vain

I know we will never be together
But I want you to come back

I am waiting for you sweetheart
Missing those days and looking back

तेरे दिए गमों को छुपाये जा रही हूँ

इक तेरी ही यादों के संग मैं जीये जा रही हूँ,
तेरे दिए गमों को बस छिपाये जा रही हूँ।

चली थी संग तेरे सच्ची मोहब्बत के सफर में
न पता था बिन मंजिल की राह पर चली जा रही हूँ
तेरे दिए गमों को बस छिपाये जा रही हूँ।

बेहिसाब ज़ख्म मिले मुझे तेरे इश्क़ में यारा
उन जख्मों पर मुस्कान का मरहम लगाये जा रही हूँ
तेरे दिए गमों को बस छिपाये जा रही हूँ।

बता दिए बहाने तूने कितने ही झूठे आंसुओं में
तेरी इस बेवफाई को भी मैं मजबूरी समझे जा रही हूँ
तेरे दिए गमों को बस छिपाये जा रही हूँ।

जायज़ था तेरा मुझसे यूँ खफ़ा होकर जाना
मैं मेरे ही इश्क़ में रही कमियां गिने जा रही हूँ
तेरे दिए गमों को बस छिपाये जा रही हूँ।

तेरा लौट कर आना अब नामुमकिन है मगर
फिर भी मैं तेरे इन्तजार में जिए जा रही हूँ
तेरे दिए गमों को बस छिपाये जा रही हूँ।

Surbhi Maheshwari(bhattar)

This is Surbhi here, who loves to pen down everything that can change few mids to every extent, till my last breathe. I have already worked as co -author in many books. I published my first book as "Future Footprints".
She can be reached through Email :- wrsunshinegirl@gmail.com
Via Instagram :- sunshine_girl_writer & smiling_girl_forever.
" Always do mistakes but never repeat, be a learner to become an expert".

तुम्हारी जिंदगी

तुम कहते हो मुझे कोई नहीं प्यार करता है,
तुम कहते हो मुझे कोई नहीं समझता है ।।
तुम कहते हो मुझे मर जाना चाहिए था,
उस ही दिन जिस दिन उसने मुझे ओर
मेरे प्यार को बदनाम किया था।।
जिसने तुमको यह कहाँ जीना होगा
तुमको मेरे लिए ,
जिसने तुमको यह कहाँ कोई है ;
जो तुमसे प्यार करती है,
पर तुमको यह पता नहीं वो ओर
कोई नहीं "मैं-थी- हूँ" ओर हमेशा रहूंगी।।

ओ राही

पथ-पथ पर तेरे काटे होगें,
पर तू कभी पीछे हटना नहीं ।।
हर रास्ते पर लोग आपको;
तोड़ने की कोशिश करेंगे,
पर तुम कभी टूटकर बिखर नहीं ।।
अपने आँसू उनके सामने बहा देना;
जिनको तेरी कदर हो।।
तुम अकेले भी जीना जानतें हो,
चेहरे पर मुस्कान दिखाकर;
रस्ता बदल लेना ,
रस्ता बदल लेना,
मगर पीछे मत हटना,
मगर पीछे मत हटना ।।

Saloni

A graduate who loves to pen her imaginations in her words on a mission to spread her thoughts to hundreds of people. She generally likes to read and write about love stories and poems and her writeups revolve around the theme of dreams, hope, courage, love and life with the aim of putting her ideas and point of views to her readers. She dreams of world full of positivity and kindness.

Instagram - @unexplored_me

अहंकार

एक-दूसरे को छोटा दिखाने में
रिश्ते अहंकार की लपटों में जल गए,

'मैं' और 'तुम' की जद्दोजहद में,
दबने और दबाने में,
अहम् इतना हावी हो गया
कि 'हम' शब्द को खा गया।

"मैं सही तू गलत ने" सब खत्म कर दिया,
क्रोध, अपमान आ रहा सबके हिस्से है,
एक बची राख यादों की बस,
उन्हें समेटो, बस उन्हीं के किस्से हैं!!

और बहा दो प्रायश्चित के जल में,
शायद उस राख से फूट पड़े कोई बीज
और उगा दे वृक्ष कोई बंधन का,
कुछ कुछ पहले जैसा ही......

वो......

मेरी नादानियों पर जो मुस्कुरा देता है वो !
मुझे रोज़ थोडा और अपना बना लेता है वो !!

कभी शिकन भी आए मस्तक पर जो मेरे!
एक बोसे भर से ही तनाव भगा देता है वो !!

चाहे तो ले आए लाखों के ज़ेवर भी वो मेरे लिए!
बेशकीमती मुस्कान मगर चेहरे पर ला देता है वो!!

हकदार नहीं यूँ तो किसी विरासत की मैं!
अपने दिल की रानी मुझे बता देता है वो!!

अंजान थी इश्क मोहब्बत के मायने से मै!
आँखों से अपनी प्रेम पाठ पढ़ा देता है वो!!

अफवाह

खुद की अफवाहें सुनी तो जान पड़ा,
ज़माने में चार बातें मेरी भी होती हैं !!

Mohammad Irfan

Mohammad Irfan
A Pratapgarhian.
Form Pratapgarh Uttar Pradesh......
Pursuing graduation from Allahabad State University .Writing is my passion not my profession but I have talent to pinned my feeling in my own words.
Love to express my thoughts in the form of Poetries and Shayris .

इश्क़-ए-वतन

मै हिन्दू मुसलमान मे इल्म जरा कम ही रखता हूँ
हाँ इंसान हूँ ये मै फ़क्र से कहता हूँ,

अदब मै हर मजहब का करता हूँ
सबक इंसानियत का हर रोज़ मै पढ़ता हूँ

मंदिर की घंटियो से बैर नही रखता
हाँ मस्जिद की अजानो से इश्क़ मै जरूर करता हूँ

गुनाहों में शरीक हूँ मै, तो क्या हुआ
इबादते भी तो मै खुदा की खूब किया करता हूँ

फितरत मे दुनियादारी की मै जरा कम ही रहता हूँ
हाँ इंसान हू लोगों की फ़िक्र जरूर किया करता हूँ

इसे मै अपनी खुदगर्जी तो नहीं,
हाँ इश्क़-ए-वतन जरूर कहता हूँ

तेरी मर्जी

तू इश्क़ कर या नफरत तेरी मर्जी
मेरी मोहब्बत को मान इबादत या
खुदगर्जी तेरी मर्जी

मुझपे ऐतबार कर या बातों को मेरी
दरकिनार कर तेरी मर्जी

मोहब्बत को मेरी ना कह कर तिजारत
बदनाम कर
यूँ ना बेवफ़ा का मुझपे इल्जाम कर
तू रुक या जा तेरी मर्जी ....

Anshita Dash

Anshita Dash is a science student with keen interest in art, literature and is a novel horder. She is the biggest Khaled Hosseini fan and sometimes likes to write or draw her feelings down. Her artworks and writings can be found on instagram under the handle @doodle_junkie_

Your Browsing Brain

Somedays, even getting up from the bed is such a difficult task and to even think of doing something remotely productive is a war within yourself. It feels as ifyour whole life is crashing in front of your eyes even though it might just be a mosquito bite. It's not an exaggeration, this is actually what stress and burdens and expectations and everything makes you feel, but buck up and get up. Do some thing that makes you feel happy, bring a change that makes you feel confident. Your physical appearance or your mental state, change anything that actually brings you closer or motivates you to take a step closer towards your dreams. And most importantly - YOU'RE YOUR MOST IMPORTANT PRIORITY. Trust me, working on yourself makes all the difference.

You And Your Mirror

You know what ? You can lie to every single person in the world , but when you stand in front of the mirror at night, alone , all your walls shed off an d what's left to see is the real you that is hiding behind a facade. And it's not just with the hushed hidden souls, sometimes bibliography of even the most famous books are overlooked.

Payal Purushottam Indani

Co- author Payal Indani is a heartborn girl with lots of love in her eyes.. Heartbroken by her loved one.. Still finds love in everyone.. She is happy with whatever she have and also desires to be a author of her own book very soon.. Love legal practices but firmly interested in reality of everything..

You Destroyed, He Preserved..

A heart-melting journey began from destruction.. You left me no option to stay connected with you.. Physical violence was ok for me.. But the mental pressure you gave was unbearable.. I was drowning in the flood of your rigorous torchers.. But far away, someone, deep from his heart, was waiting for me to be his..

You Destroyed, He Preserved..

I wanted to be free from you.. So I did it.. Nothing was there between us.. But somewhere.. Deep down.. A crazy one loved me beyond everything.. His loved dragged me towards him.. You and him were complete opposite.. And I was still stuck.. But then.. His single warming hug.. Gave me my love.. To be his forever.. And to be happy with him.. For him..

Jobanroop Chhina

Jobanroop chhina is a poetess , sh e has done his study in medical field . She is also a member of poetry groups where she is a amritsar president in sahtik deep page, a general sakatar in sahit sabha chogawan and her poems also published in many newspapers and in magazines she has g iven her live interview in all India radio station akashvani jalandar if you want to contact her there is her instagram I'd @jobanroop_chhina

Pillar Of Strength

My mom is my pillar of strength
When I am in stress,
When I am in pain,
Her love is something ,
That no one can explain.....
She erase every mistake ,
that I done again and again ..
God isn't available everytime
for caring offspring ,
So, he made mother that benignant...
My mom is my pillar of strength .

My love for mother as the trees,
Love water and sunshine .
Every child argue with everyone,
that never share mother with anyone
because she is only mine..
There is no words to describe
Mother's beauty, mother's meticulousness, mother's self-sacrifice
and mother's roots of length ..
My mom is my pillar of strength.

Pull Your Socks Up

Nothing is Permanent in this world except Lord
do not think about melancholy
Just always believe in God

This world is a magic show
No one is holding your hand
Keep going and achieve Euphoria
do not stay on thing that give you woe

Put makeup on your soul to make beautiful as your face
earn philanthropy , humanity , honour and virtue
exceptions are always there ,
miracles always happen
So, do not loss hope in any case

Inhale odour that make you gold ,
do not always believe on horoscope stars
Just work hard and stay cold

Nothing is permanent in this world except Lord
do not think about melancholy
just always believe in God

On The Rocks

If you believe after rain,
land shall be dry
Then you should leave me
Because I do not think so...

If you envision ,
Our relation has no future
Then you should leave me
Don't compel me to stay in ..

If you think ,
I love you
that's why you give me love
Then you should leave me
Don't oblige me ..

If you visualize
After winter ,
Summer will not come
Then you should leave me ...

If you'll suspect me always
I can't survive with you
Better you leave me
Don't adhere any misconceptions for me

If you think ,
flowers will not give seeds,
after spring season
Then you should leave me..

If you perceive,

that you are intellectual ,
and I am nincompoop in front of you
Then you should leave me
Don't insult me ...

If you think ,
After taking juice from sugarcane ,
remaining will not be useful
Then you should leave me ..

If you visualize,
After autumn ,
leaves will not come
Then you leave me ..

If you think,
After night day will not come
then you should leave me ..

But give me the reason why you leave me

Pratik Premraj Bhala

Pratik Premraj Bhala is the author of achiever award winning poetry book shabdo ka safarnama.He is coauthor of more than 8 books.HE has following base of around 9000+ followers on nojoto (India's largest story telling platform).HE is poet ,writer and composer of especially patriotic poems, nature poem and spiritual verses .His literacy work has been managed by TEAM PRATIK WRITES and his tagline is CREATING THE WORLD OF WORDS. His more than 100 articles published in various newspapers in which the आई : एक गाथा, दैव (नसीब) are the award winning famous marathi essays.

ये है भारत का राजपथ

जवानों के वीर कदम स्पर्श जहाँ होते है,
बदौलत जिनके हर भारतीय चैन से सोते है,
ये है जवानों के साहस का शौर्यपथ,
ये है भारत का राजपथ.

संस्कृति के दृश्य जहाँ दिखाई देते है,
चित्ररथ अद्‌भुत भारत की गाथा कहते है,
ये है भारतीय संस्कृति का गौरवपथ,
ये है भारत का राजपथ.

जहाँ जल्द ही सार्थक होगा विश्वगुरु का नारा
जल्दी ही होगा भारत विश्व सरताज हमारा,
ये है संकल्पित भारत का विजयपथ,
ये है भारत का राजपथ.

जहाँ बालदानियों ने अपने प्राण का त्याग किया,
जिससे प्रज्वलित हुआ आजाद भारत का प्रकाश दिया,
ये है क्रांति का साक्षीदार सवतंत्रता का अग्निपथ,
ये है भारत का राजपथ.

आर्यावर्त

अलौकिक और अद्‌भुत,
आर्यावर्त अनोखा अविश्वसनीय,
अमूल्य,अमृत अभ्युदय,
आकर्षक आर्यावर्त अकल्पनीय.

आक्रमक, अनंत अजेय,
अतूट, अभेद्य और अखंडनीय,
अटल, अजर अमर, अलंकृत,
आर्यावर्त असीम अवलोकनीय.

अमोघदर्शी अन्नदाता, अमोघदर्शी अर्थदाता,
अचूक आयुर्वेद अद्वितीय और अवर्णिय,
अनूठा, असाध्य, अत्यंत आलक्ष,
अक्षय आर्यावर्त अविस्मरणीय.

EACH WORD STARTS WITH 'अ'

Monika Srivastava

Monika Srivastava is a student pursuing Bachelors in English Literature. She is an Autophile, Bibliophile, Logophile and Selenophile who finds solace in writing so she pours her soul on paper. She writes Po etry, Short stories, Articles, Ghazals and Shayari on varied themes and aspires to be a good writer. Monika is also an amazing speaker and her other interests are calligraphy and painting.

Connect with her. She always responds.

Email:- monikazzz2228@gmail.com
Instagram:- @monikasri_

Your quote:- Monika Srivastava (Mona)

" मगर क्या लिखूं...??"

आज कुछ लिखने का मन किया,
बहुत दिनों से कुछ लिखा भी नहीं था,
कलम उठाते ही सोच में पड़ गई कि लिखूं क्या?
इस ख्याल ने मुझे असमंजस में डाल दिया,
बहुत सोचा फिर भी नहीं समझ पा रही थी
कि आखिर लिखूं तो लिखूं क्या…?
वो लिखूं जो मन में चल रहा है
या वो जो दिल कहना चाह रहा है,
अपने आंसू लिखूं या अपने ज़ख़्म लिखूं,
या वो लिखूं जो अब तक किसी को नहीं बताया,
अंतर्मन की गूंज लिखूं या बाहर का शोर लिखूं?
प्रश्न अभी भी यही था,
कि आखिर क्या लिखा जाए…?
दिल बेचैन होने लगा,
कुछ लिखने की तीव्र इच्छा हो रही थी।
अंततः ये सोचा कि
जो कुछ भी ख्याल मन में आ रहा है,
उसे ही कलमबद्ध कर देती हूं
फिर, कुछ शब्द लिखे
एक दो लाइन और लिखी और लिखकर काट दिए,
अपने भावों को मैं शब्दों में ढाल ही नहीं पा रही थी।
मुझे ऐसा लगा जैसे मैं लिखना ही भूल गई,
लिखने में इतनी कठिनाई पहले कभी नहीं हुई,
कहीं सच में तो मैं लिखना नहीं भूल गई?
अचानक से डर और निराशा ने मुझे घेर लिया,
अब क्या होगा…?
क्या अब मैं कभी नहीं लिख पाऊंगी…?
बिना लिखे मैं कैसे रहूंगी…?

लेखन ही तो एक तरीका था, सारे दर्द बयां करने का,
मेरे हाथ कांपने लगे,
दिल सहम गया,
मन सिहर उठा,
मैं चाहते हुए भी नहीं लिख पा रही थी,
एक अजीब सी कश्मकश थी,
मेरे आंखों से आंसू की एक बूंद
काग़ज़ पे जा टपकी
और क़लम हाथ से छूट गई....।

Parul Sharma

Parul Sharma is an advocate by profession.
A passionate writer in English and Hindi languages, she likes to express her experiences in life in the form of poetry.
She aspires to touch lives of readers by sharing her uplifting and positive experiences in form of poems
IG: pearls_poetry_n_more

बस काफ़ी

ख्वाबों के टुकड़ों से
इक मंज़र बनाएं,
कतरन को सिल
इक लिबास बनाएं,
"पूरा" मिलता नहीं कुछ भी यहां,
"थोड़े थोड़े" से ही "बस काफ़ी" बनाएं।

अश्कों को पीकर
इक मुस्कान बनाएं,
बादलों के हिस्सों से
इक आकाश बनाएं,
मंज़िल नहीं यहां
कोई भी मुकम्मल,
क्यों ना रस्ते को ही
कामिल बनाएं।

अनजानी होड़ मे
गुजरी ये ज़िन्दगी,
फुरकत में अब इक,
शाम बिताएं,
पाया यहां क्या,
जो खोने का डर,
क्यों कोशिश से पहले
अंजाम सताएं?

थाम ले कोई हाथ,
कभी खुद ही संभल जाएं,
कुछ यादें संजोएं

और कुछ भूल जाएं,
अनुभवों के सुर पर
सरगम कोई गाएं।

कैद पिंजरे की थी,
या उस में पड़े दानों की,
चलो किवाड़ खोल,
इक उड़ान लगाएं।
होती मंज़ूर वही अर्जी,
जिसमे हो खुदा की मर्ज़ी,
ईमान से खुदा को
इक आवाज़ तो लगाएं।

सुनते है पाक रूहों को
होती है जन्नत अता,
जब तक हैं ज़िंदा,
यहीं फ़िरदौस बनाएं
ख्वाबों के टुकड़ों से
एक मंज़र बनाए,
कतरन को सिल
इक लिबास बनाएं।

R. Ramyabharathi

Ramyabharathi is an engineer by profession working at MNC. She is the kind of person, who loves to convert her emotions into words as this writing accompany her in every aspect.And now she is stepping her first mile into her dream of writing world. She wishes to share her thoughts with you all through her words.
Instagram id : @achieve__dream.

Butterfly Vs Women:

Happy to meet you through my words, here is little metaphorical thoughts by comparing women with the butterfly.On a broad leaf it started out there with egg for butterflies.as like as she born here in the world.. Not all eggs hatches successfully and all girls are not welcomed warmth to earth (female infanticide)
Yeah!!! Its larvae that started eating for its nourishment in the way similar that the girl must be feed with education for her strength..(woman education)
And its the important stage pupa one!! Where protected by hardene cases..like the way she must be protected but not definitely restricted... (women protection)
Most awaited stage and its time to fly.. for both of them(girl nd butterflies). World may not be safe for them.. But as they are made with wings.. they are born to. fly.. piercing the wind..braking the bar....(Women empowerment)

Life's Secret Magics

In this fascinating world, each and every living being serve their purpose. Look at those beautiful flowers that blossoms, sun that shines, air that gusts..everything around you doing its purpose.But we human being born with same physiology differs in the way
we think and missing to identify our true reason for our existence and get addicted upon temporary things. Learn from things aroun d you,and constantly enhance your knowledge and wellbeing. According to me, the best feeling of all is "satisfaction".Strive to live the satisfied life,live the life at its fullest,enjoy things even little things.To me, motivating is not pushing people to win at everything.It is getting satisfied that you have done the best in whatever you are doing in life with whole heart.

Bhavna Soni

भावना सोनी हिन्दी की एक कवयित्री हैं । वे राजकोट गुजरात की रहने वाली हैं । वे एक अध्यापिका हैं । उन्होंने हिन्दी साहित्य में एम.फिल किया है । कविता और कहानी दोनों ही विधा में इन्होने अपनी कलम का रंग बिखेरा है

जीवन ऐसा जी लेना
मन की मन में रखना नहीं
मौका मिले तो बोल देना
होंठ कोई मिले उदास
स्मित तुम्हारा बाँट लेना
किसी गीली आँख के आँसु
अपने हाथों से पोंछ देना
अभिमान पिघलाने की कोशिश में
स्वाभिमान अपना बचा लेना
एक दिन अंत निश्चित है 'भावना '
प्रत्येक पल को जीते हुए
अनंत तक जीवन जी लेना।

गुजर रही है उम्र कुछ इस तरह
जीना अभी बाकी है
बढ़ रहे कदम सफर पर इस कदर
मंज़िल पाना अभी बाकी है
शहर में चर्चा बड़ा रहा मेरी नाकामयाबी का
कामयाबी का शोर बाकी है
ठोकरों से गिर तो गई
उठकर जवाब देना बाकी है
वक्त से टकरा के बिखर गई तो क्या
वक्त से खिलाफत अभी बाकी है
सवाल पर सवाल पूछ रहे
पलट के जवाब देना बाकी है

चुभन

यहाँ से कुछ आगे एक बाग दिखेगा
और वहाँ से कुछ आगे शहरीकरण का नाग दिखेगा
हजारों पेड़ काट के फ्लैट बनाए
उनकी बखौलों में पक्षियों का त्याग दिखेगा
मौका परस्त इंसानों की बस्ती
बस्ती में कहीं काला अंधकार दिखेगा
मानवता को बेच दिया जिसने सरे-ए-बाजार
उस बाजार का व्यापार दिखेगा
शूल सी चुभन है सबके व्यवहारों में
उस चुभन में मरते अहसासों का अंबार दिखेगा

हाथ को जो मिलाऊँ तो
उसमें मिलावट मैं नहीं करती
समय के साथ रिश्तों में सजावट मैं नहीं करती
झुकना फितरत नहीं मेरी
झुक के रिश्तों में गिरावट मैं नहीं करती
जानती हूं दस्तूर दुनिया का
छिपा कर दर्द दिल के दिखावट मैं नहीं करती
सब्र का पैमाना हाथों में थामे हूँ
इसके छलकने की अदावत मैं नहीं करती
एतबार बहुत टूटे हैं टूटते रहेंगे
एतबार पर यकीं की सखावत मैं नहीं करती

आदमी

खोदो ज़मीर आदमी का,खज़ाना निकलेगा।
संभाल के रखा कोई
ज़माना निकलेगा ।

कहीं मिल जाएगी ,
पूरी ज़िंदगी दबी हुई ,
कहीं अपना तो कहीं
बेगाना निकलेगा।

जो नज़र आते हैं अच्छे,
हों जरूरी तो नहीं ,
अपना तो बुरा,पर
अच्छा अनजाना निकलेगा।

ज़ख़्म होते हैं सबके दिलों में
जिसे भी खोदो,
नया कहीं बाहर तो भीतर
पुराना निकलेगा।

हैवानियत है आदमी की
तासीर 'भावना',
क्या पता कब शैतान भी
पहचाना निकलेगा !

मैं पूर्णविराम की चाहक हूँ
तुम अल्पविराम रहने दो
बरसना हैतो मुसलाधार बरसों
रिमझिम फुहार रहने दो
मुक्त मन का हास्य मुझे भाता
ये मंद मुस्कान रहने दो
कह सको तो अहसास कहो
शब्दो का मायाजाल रहने दो
देखना है तो जी भर के देखो
कनखियों से ताकना रहने दो
पुर्णता है जीवन का सार
तुम आधा अधुरा रहने दो

सुख गए वैसे दुख भी बीत जाएंगे
ये दिन फिर सुहाने हो जाएंगे
मेरी जो निंदा करते उन्हें करने दो
सत्य जब जानेंगे मेरे दिवाने हो जाएंगे
बड़ा बनने को तुझे
कुछ न करना पड़ेगा 'भावना'
तेरी ईर्ष्या से लोग खुद छोटे बन जाएंगे

हां मै प्यार करती हूँ
अपनी बढ़ती हुई उम्र से
सयानापन अच्छा लगता
पर फिर भी शरारतें करती हूँ
कई जिम्मेदारियाँ हैं सिर पर
फिर भी बेफिक्र हो जीती हूँ
क्या सोचेगा कोई इसकी परवाह नहीं
क्या हांसिल करना ये जान गई हूँ
जी रही अपनी मर्जी से
शौक को पंख दे दिए मैंने
आकाश में उड़ रही हूँ
चेहरे पर अब अल्हड़पन नहीं
बालों पर भी रंग लगाती हूँ
हाँ मैं कुछ इस तरह जीती हूँ

उसूलों की बात पुरानी हो गई।
फर्ज़ी अब हर एक कहानी हो गई।

कहाँ हैं अब वो दिले- नादानियाँ,
बेचैन अब हर एक जवानी हो गई ।

यार भी अब सब मतलब से मिलते हैं,
दोस्ती भी तो अब सयानी हो गई ।

बंटवारा हो रहा है रिश्तों का,
चाहतें सारी बेमानी हो गई ।

तस्वीर आज भी ज्यों की त्यों है,
रूह अब जिस्म से बेगानी हो गई ।

ज़ुबां मीठी और तल्ख़ दिमाग़ है,
'भावना' ये तो बदगुमानी हो गई!

Meenu Pandey

A girl from an army background born with the feeling of patriotism in her blood. She is from a small city and as usual with many big dreams of small cities. She doesn't find her name usual as everyone else does, for her she is meant to do something big, sh e is here for changing the mindset of this society. Studying from army school made her what she is today. As she always say "nothing above India" is what she got from her father and ofcourse her school. Her special inclination towards freedom movement and warriors proves what her nation means to her.

Chitthi

Yeh chitthi tujhe mere jaane ke baad milegi ,
Tujhse yeh baatein tera haath thaam naa keh paane ki kami sada rahegi,
Par tu roti hui acchi nhin lagti ,
Meri patni ki aankhon mein yeh moti jaise aansounon ki maala nhin fabti!!

Maana yeh nirjeev shareer tere saamne pada hoga ,mera jism apne hi hisse se prithak ho raha hoga ,
Par tu khud ko sambhalna ,
Apne aasounon ko poch mere mathe ko choom mere shareer ko vida karna!!

Samaaj hazaaron baatein kahega tujhse par tu dhyaan naa dena,
Bas ab fark itna hoga ki tu mere liye nhin apne liye sawarna,
Tujhse tere sajne ka haq le jaaoun mera koi haq nhin,
Aur woh kafan si saadi meri jaan tujhe lapetne ki zaroorat nhin!!

Mere hi jaane par tujhe yeh safed rang kyu mila ,
Tu toh raakh bhi laal jode mein hoti,
Tera shringaar mujhse juda ho yeh baat mujhse bardasht nhin hoti,
Tere jeevan mein inn rangon ka hona kissi vyakti ki maujudgi ka mohtaaj nhin ,
Tere maathe par lagu iss bindi ka rang tere gale mein pade iss sutra se tay ho yeh to jaayaz nhin!!

Ab main nhin hounga teri taraf se sabse ladne ke liye ,
Kamar kas le sabki bematlab ki zubaan band karne ke liye,
Jaanta hoon kuch kathinaaiyan aayengi shuruaat mein ,

Par mujhe vishwas hai meri jaan tu sab sambha 1 legi aaram se!!

Bas apni beti ko bada hota naa dekh paane ka malaal rahega,
Par tu usko apni tarah banana,
Usko baap ek saccha fauji tha usko batalana,
Desh se bada koi dharm nahi hota, imaan nhin hota ,bhagwaan nhin hota,
Iss tirange jhande par gumaan karna seekhaana!!

Meri maa ko sambhaalna,
Uska beta iss bharat maa ke kaam aaya usko samjhaana,
Uske prati apne kayi farzo ko adhoora chor kar jaa raha hoon,
Aaj uski kokh ka nhin iss mitti ka karz chuka kar jaa raha hoon!!

Tujhse kiye unn hazzaron waadon ko iss desh se kiye uss ek waade ke liye tod kar jaa raha hoon,
Aaj tere sindoor ko iss maati pe chadha ke jaa raha hoon,
Ho sake toh maaf karna mujhe,
Sirf iss janm ke liye hi nhin agle saat janmon ke liye maanga hai maine tujhe,
Fir milenge kissi aur janm mein,
Wahi tu meri heer aur main tere raanjhein ke roop mein,
Chal ab vida leta hoon tujhse
Maaf karna akela chor kar jaa raha hoon tujhe!!
Jai hind

Ashish Kumar

इनसे मुलाकात कीजिए, आशीष कुमार।ये रायपुर,छत्तीसगढ़ के रहने वाले हैं।वर्तमान में इंजीनियरिंग के तृतीय वर्ष के स्टूडेंट हैं।

इनका यह मानना है कि जब भी आप अकेलापन महसूस करें,तब अपने कलम को अपना साथी बनाकर अपने मन के सारे जज़्बात भावनाओं के पन्नों में लिखिए,साथ ही लेखन को मन की शांति बताते हुए यह कहते हैं कि लेखन आपको अपने कलम से चीखने का मौका देती है,और बेजुबान को भी शोर देती है।

"आजादी की शाम पुकारे।"

हर गली,हर गाँव, धरती का ये कण-कण पुकारे,
मिट्टी की सौंधी महक से भरी,आजादी की ये शाम पुकारे।
विद्वान, बुजुर्ग,महिलाएं,देश के सारे बच्चे प्यारें,
हृदय में लिए संकल्प चट्टान सी,हमारे जवान है पूरी दुनिया से न्यारे।
महफूज रखते सबको देश के वीर "अमर जवान"
शान से मिट्टी की शान है कहते,इनको सारा हिंदुस्तान।
देश का राष्ट्रीय ग्रंथ आज पूरी दुनिया में विशाल है,
भारत की बहादुर बेटी महिला सशक्तिकरण की मिशाल हैं।
अनेकता में भी एकता, सदभाव की भावना बसती है,
पावन हो जाती है हर धरा,जिस देश में गंगा बहती है।
जहाँ ऋषिमुनि की तपोभूमि,महाभारत की अविरल गाथा है,
जिस देश का हर बच्चा गाता,भारत भाग्य विधाता है।
जहाँ श्रीराम जी की जन्मभूमि पावन नगरी अयोध्या है,
नदियों में बसती है नारायणी,और वो झाँसी वाली योध्दा है।
आज फिर ऊँचे अंबर में देश का गौरव है लहराया,
जवानों के आखिरी सांसों से निकलने वाली उन हवाओं ने,
देश की आन,बान, शान "तिरंगे" का परचम पूरे विश्व में फहराया।
यूँ ही नहीं कहलाते हैं ये बहादुर "देश के रखवाले"
रक्त बहाया है उन वीरों ने,जब-जब देश की मिट्टी पुकारे।
हर गली, हर गाँव, धरती का ये कण-कण पुकारे,
मिट्टी की सौंधी महक से भरी,आजादी की ये शाम पुकारे।

"मैं परिंदा हूँ।"

रास्तों की बाधाएं पार कर,रास्ता खुद मैं बनाता हूँ,
मैं परिंदा हूँ,अपने पंख लहराकर ऊँचे आकाश में उड़ जाता हूँ।
नीले अंबर,ऊँचे पर्वत,हवाओं का सैर कर आता हूँ,
मैं परिंदा हूँ,पेड़ की डालियों में अपना बसेरा बनाता हूँ।
मेघ बरसता तेज,दिशाओं में उमड़े घनघोर अंधकार,
शीत ऋतु की ओस की बूंदे या ग्रीष्म ऋतु का तीव्र प्रकाश।
नज़रों की एकाग्रता से अपनी हर मंजिल मैं पाता हूँ,
मैं वो परिंदा हूँ, बसंत ऋतु में मधुर कोयल बन जाता हूँ।
लंबी उड़ान,हौसले बुलंद,मजबूत पंजों से वार करता हूँ,
पर्वत के ऊँचे शिखर में बैठा वो शिकारी बाज कहलाता हूँ।
कानन की सुंदर वादियों में, अपने पंख को मैं फैलाता हूँ,
जल रूपी आईने में अपनी तस्वीर मैं निहारता हूँ,
मैं वो परिंदा हूँ,बरसात में नाचता हुआ सुन्दर मोर कहलाता हूँ।
दुनिया के कठिन डगर में संघर्ष की उड़ान भरता जाता हूँ,
हर उड़ान में हर दफा अपने हौसले बुलंद करते जाता हूँ।
रास्तों की बाधाएं पार कर,रास्ता खुद मैं बनाता हूँ,
हाँ मैं परिंदा हूँ,पंख लहराता ऊँचे आकाश में उड़ जाता हूँ।

Flairs & Glairs

Flairs and Glairs, a platform by a student for the students. We are esteemed youth struggling to carve out our path for our future and we follow a basic mindset Since everyone is not born with allround skills. Joining hands with people who are born to execute it with perfection is the best way to evol ve. Self-Evolution is the need of the hour but, evolving as a community is what we strive for. The initiative as kickstarted by, Founder - Mr. Shubham Shah with the motive to utilize the skillset and talent of writing has now a team of 10+ people who are actively participating into newer forms of learning and discovering talents among youngsters. We Provide platform and services like Publishing opportunities, Open mics, Workshops, Hands-on training. Operating with Brand Name of Flairs and Glairs (Publication House), we offer the chance of elevating a passionate writer to an esteemed author With Brand name Teekhe Zasbaaat. We bring to you an opportunity to get accustomed with the Public Speaking and Presenting of Thoughts along with regular challen ges to brush up your inking spirit. The newest initiative to extend our services we introduced in a new writing Platform- The Glittering Fables and Ink Over Tears.

We Choose to Fly Like A Falcon than to be

a Leg Pulling Crab.

To Know More: Infoline – 7781900870
Mail Us At-
flairsandglairs@gmail.com / info@flairsandglairs.in
Or Visit is at
www.flairsandglairs.com / www.flairsandglairs.in
Social Handles- @flairsandglairs @teekhezasbaaat

www.ingramcontent.com/pod-product-compliance
Lightning Source LLC
LaVergne TN
LVHW050841051026
849532LV00006BA/2068
* 9 7 8 9 3 9 1 3 0 2 8 6 3 *